落ちぶれ才女の幸福

陛下に棄てられたので、最愛の人を救いにいきます

瀬尾優梨

22896

角川ビーンズ文庫

CONTENTS

Ochibure Saijo
no
Koufuku

落ちぶれ才女の幸福
陛下に棄てられたので、最愛の人を救いにいきます
セリア・ランズベリー
ファリントン王国の筆頭聖奏師
デニス・カータレット
ファリントン王国騎士団に所属。セリアの昔なじみ

CHARACTERS

エルヴィス

ファリントン王国の国王

ミュリエル・バーンビー

新人聖奏師

コンラート ―― グロスハイム王国の王子

【グリンヒルの館の住人】

ベアトリクス（通称マザー）

女主人

フィリパ／エイミー／マージ

セリアの友人

本文イラスト／一花　夜

序章　精霊(せいれい)の加護を受けた国

緑豊かな王国、ファリントン。

精霊の恩恵(おんけい)を受けたこの国は昔から、自然に恵(めぐ)まれている。

領土の西には貴族の避暑(ひしょ)地として愛される湖畔(こはん)地方があり、南方にある海の幸(さち)に富んだ穏(おだ)やかな海や、北部の貴金属採掘(さいくつ)で栄える鉱山町などが特に有名だ。

伝承によれば太古、呪術(じゅじゅつ)を操(あやつ)る邪神(じゃしん)との戦いに勝利した大地の精霊たちが、祝福を与(あた)えた国――それがファリントン王国であるという。

大陸に存在する大小様々な国家の中でも、ファリントンは自然だけでなく、精霊の力にも恵まれている。

ファリントンの人々は豊かな自然と精霊の加護、聡明(そうめい)な代々の国王、そして――「聖奏師(せいそうし)」たちによって、永き平安の時を過ごしている。

そう、信じられていた。

第1章　筆頭聖奏師の落日

「――では、予定通りに聖弦の訓練の後、精霊への祈り、そして講義に移ること。午後はそれぞれの配置について仕事をしてもらいます」

ファリントン王国の象徴でもある白亜の王城・ルシアンナ城の回廊に、若い娘のきびきびとした声が響き渡る。

中庭の花々が望める回廊には、二十人近くの少女たちが集まっていた。一番若い者で十代前半、年長でも二十歳手前くらいの、花も恥じらう年頃の娘たちだ。皆一様に清楚なローブを羽織っており、胸には不思議な形の木枠を抱えている。

彼女らの視線の先にいる娘は、腰に片手を当てた姿勢で日程表を読み上げていた。

「本日、城下町の診療所へ往診に行く人は？」

「はい、私とルイーザとアナベルです」

「では、離宮で療養中の太后様への訪問は？」

「はい、私とセリーヌ、ヴェロニカ、ソニアです」

「よろしい。では、それ以外の人は私と一緒に城内勤務です。では、解散」

その一言で、集まっていた少女たちはそれぞれの持ち場へと移動していく——が。

「うっ、きゃあっ⁉」

まだ十歳そこそこだろう少女が、振り向き様に自分のローブの裾を踏んづけた。その小さな体がバランスを崩し、胸に抱えていた木枠が腕から滑り落ち——

「っ、ペネロペ！」

どたん、という音を耳にして、日程表を鞄に片付けようとしていた娘が振り返った。彼女は急ぎ、少女ペネロペの方へ駆ける。

「大丈夫ですか、ペネロペ！」

「うう……肘が痛いです」

体を起こしたペネロペは、倒れる寸前にかろうじて腕を前方に突っ張ったらしく、左の肘が赤くなっていた。

娘はペネロペの体と彼女が持っている木枠に素早く視線を走らせて、ほっと息をついた。

「……ペネロペも聖弦も無事のようですね。しかし……ペネロペ。今月に入って何度、聖弦を持ったまま転んだと思っているのですか！」

肌に突き刺さる叱責の声に、ペネロペはぐすっと鼻を鳴らした。

他の少女たちが不安そうな眼差しで見守る中、娘は説教を続ける。

「あなたの体もそうですが、聖弦が壊れたらどうするのですか！　あなたの体の傷は自然治癒で癒えますが、聖弦はそうはいかないと、何度も言っているでしょう！」

「う、うえぇ……すみ、ません……」

「今回もまた、ローブの裾を踏んだのでしょう!? この前倒れた時に、裾が長いのなら自分で裾上げをしなさいと言ったでしょう！」

「ご、ごめんなさい。すっかり忘れてて……それに、私、裁縫苦手で」

やれやれ、と娘は天を仰ぐ。ペネロペは一生懸命だしいい子なのだが、ぽややんとしすぎていて「うっかりミス」が非常に多い。そしてよく泣く。

「……苦手ならば、誰かの手を借りなさい。いいですか、ペネロペ。不慮の事故はともかく、回避できることならば自分から危険を取り除くように用心しなさい」

「は、はい！ 分かりました、セリア様！」

ペネロペは仲間から受け取ったハンカチで涙を拭い、元気いっぱいに返事をした。

返事だけは立派なのだから、早くそのおっちょこちょいなところも改善してほしいと、娘——セリアは切実に願っている。

盛大に洟をかみながら、仲間に支えられてペネロペが去っていく。セリアはその場に立って、部下たちが持ち場に向かうのを見ていた。

「……見たか、今の」

「見た見た。すっげぇ怖ぇよな、セリア・ランズベリー」

自分の持ち場に移動しようときびすを返しかけたセリアは、背後から聞こえてきた男性の声にぴくっと身を震わせた。

「筆頭になったからって偉そうだよな。まだ十七とかそこらだろ？」

「そうそう。陛下に重宝されてるからって、俺たちにもあれこれ指図してくるんだぜ」

「あんまり言ってやるなよ。あれでもランズベリー公爵の姪だろ？」

「あんなおっかなくて偉そうなオヒメサマ、公爵もてあましてるんだろうなぁ」

一応セリアの視界には入らない場所から言っているようだが、声を潜めるつもりはないようだ。むしろ、セリアに聞かせるつもりであれこれ言っているのではないか。

セリアは数回深呼吸し、きりっと前を向いた。

セリアと面と向かっている状態だったら、あんな強気にならないくせに。

また、仲間と一緒ではなくて自分一人だったら、あんな陰口を叩いたりしないくせに。

(私は強い、私は大丈夫。あんな人たちの言葉に、耳を貸す必要はない)

まるで呪文のように、セリアは己に言い聞かせた。

——太古、邪神が呪術をもって人類を苦しめていたが、そこに現れた精霊が邪神と戦って勝利して、封印することに成功した。

今後も末永くこの地を守っていきたいと考えた精霊だが、彼らは人間ではない。だから精霊たちは加減を知らないし、人間の体の限界や可能性が分からないのだ。

そこで精霊たちが自分たちとの相性のいい女性を選び出し、「あなたたちが音楽を奏でることで、自分たちが力をうまく使えるようにしてほしい」と頼んだのが、聖奏師や聖奏の始まりだとされている。

一度は封印された邪神は今でも、人間たちに隙が生まれるのを待っている。そして人間が他人を恨む気持ち、害そうとする気持ちなどを持つとそれに反応して、自分の能力の一部である呪術を分け与える。

呪術によって、人は人智を越えた力を得てしまう。過去にも呪術に手を染めてしまった人間は存在したが、大地を守護する精霊と相反する邪神の能力を得るのは、人として最も恥ずべき行為だと説かれている。よって、呪術に関する書物はあまり多くない。

セリアたち聖奏師は、己の力を正しく使い、精霊と協力してこの世界を邪神から守る役目を背負っている。

それはセリアたちにとって重責であるが……同時に限りないほど誇らしい使命だった。


「――ではこれから、心身の疲労を和らげて自己再生能力を高める聖奏を行います」

セリアはそう言い、正面の簡易ベッドに横たわる青年騎士を見下ろした。

彼を運んできた騎士の説明によると、彼は気温の上がる昼間まで一切水分を取らないまま活動を続けた結果、ぱったり倒れてしまったそうだ。

水分を取らせて涼しい場所に寝かせたが、日頃の疲れがたまっていたこともあいまって起き上がれない状態だということで、騎士団詰め所にセリアが呼ばれたのだ。

ベッドに寝る騎士と椅子に座るセリアを、他の騎士たちは少し離れたところから見ている。心なしか、その目には何かを期待するような光が宿っているように感じられた。

ぼんやりとした目で天井を見上げる騎士の症状を観察した後、セリアはそれまで膝に載せていた木枠を左腕に抱える。それは、弦の張られていない竪琴。

騎士たちが期待の眼差しで見てくる中、セリアは木枠で囲まれた何もない空間部分に、一度二度、そっと手のひらを滑らせた。

この大地に宿る精霊に、力を貸してほしいと呼びかける。そうして――セリアの手のひらが撫でていた空間に、光り輝く十八本の弦が張られた。

朝日に照らされた蜘蛛の糸のように、夜の雲間から差し込む月光のように輝く十八本の弦を備えたそれは、もうただの木枠ではない。

セリアたち聖奏師のみが扱える、精霊の力を宿した楽器――聖弦。騎士たちもため息をつくほど神々しい、精霊の加護を得た楽器である。

セリアは聖弦を膝と左肩で支え、右手の人差し指で手近な弦を弾いた。ピン――とたった一音つま弾いただけでも、詰め所の空気が一気に浄化されたような気がした。

セリアは、弦に右手を滑らせた。奏で始めたのは、昔から弾き慣れている曲。

聖奏師は、精霊の力を宿した聖弦を奏でることによって、聞く者の荒ぶる心を静めたり苦しみを取り除いたり、傷を癒したりできる。

聖弦を使って演奏する曲――聖奏には呪術を解除する曲、自己再生能力を高める曲、苛立つ心をなだめる曲などが存在する。今回セリアが聖奏に選んだのは、聖奏師ならば見習いでも奏でることのできる難易度の低い曲だった。

聖奏の力は女性のみに現れる、先天的なもの。しかも能力の盛りは十代の後半で二十代に差し掛かると一気にその力は衰え、それ以降は最前線で働くことは難しくなる。

子どもの頃から聖奏の勉強を続けてきたセリアは、生まれ持った潜在能力がかなり高い方だ――と自分では思っている。

セリアの実家であるランズベリー公爵家の一族の娘は、聖奏師としての高い実力を備えていることが多い。現ランズベリー公爵の姪であるセリアは、一族の期待を一身に背負って今、ファリントン王国の筆頭聖奏師の地位に就いているのだ。

セリアが筆頭になってから、約一年。

聖奏師としての才能が咲き誇る時期を終えるまで、あと四年程度。

（それまでの間、私は筆頭としての役目を全うして地盤を築かないと）

セリアは聖奏を続けながら、ベッドに横たわる騎士の様子を確認した。

先ほどはせわしなく息をついていた彼も今は呼吸が整い、目の焦点も合っている。自己再生能力も上がったようで、裸になっていた上半身のあちこちに浮いていた痣や小さな傷痕も、少しずつふさがっていく。

（……そろそろいいわね）

ピン、と儚い音と共に聖奏を終えると、耳を傾けていた騎士たちは目を見開いた。

「えっ……もう終わりか？」

「はい、終わりです」

「いや、でもこれってまだ続きがあるだろう？」

騎士たちが戸惑ったように聞いてきた。確かに、セリアが奏でていた曲はまだ続きがある。セリアが弾いたのは、全体の三分の一程度までだ。

だがセリアは表情を崩すことなく弦に手を滑らせ、それまで騎士たちを魅了していた美しい弦を一気に消してしまった。

「続きはありますが、こちらの方もだいぶ体力が回復してきたようですし、これ以上の聖奏は不要だと判断しました」

「不要って……別に、最後まで弾いたって減るものじゃないだろう」

そう不満そうに言ったのは、それまでベッドに寝ていた騎士だ。

彼は上半身を起こし、さっさと木枠を片付けてしまったセリアを恨めしそうに見ている。

「もっと続きを聞かせてくれよ。それがあんたたちの仕事だろう」

「違います」

セリアは自分より年長の騎士にも憚ることなく、ぴしゃりと言い放った。

「私たちの仕事は精霊たちの力を借りて、人々の生活の支えになるような聖奏を行うことです。必要以上に聖奏しても、人が生まれ持った抵抗力や精神力、士気を弱めるばかり。あなたも、もう少し休めば難なく訓練に復帰できるでしょう」

「はぁ？　完治させずに患者を放置するってのか!?」

いよいよ騎士たちはセリアに遠慮することをやめたようだ。壁際にいた騎士たちも、不満を隠そうともせずに詰め寄ってくる。

「やってられないな！　こんな中途半端な仕事でも、金は取るんだろ!?」

「それはまあ、こちらにも資金は必要なので」

聖奏師の仕事は、慈善事業ではない。王城に仕える聖奏師たちの生活費や聖弦の手入れ道具の購入などに使うので、金はいくらあっても足りないくらいだ。これでもかなり良心価格に設定している方だし、そもそもこの価格を設定したのはセリアではない。

セリアは、聖弦を入れた革製ケースを担いだ。

「……これから先も何かご用がありましたら、私たちにお申し付けくださいませ」

「……ちっ」

騎士たちは射殺さんばかりの目でセリアを睨みつけてくるが、手を出すつもりはないようだ。ここで苛立ちに任せてセリアを殴ったら最後、今後聖奏師たちに仕事を依頼することができないと分かっているからである。

セリアは騎士たちに背を向けて、詰め所を後にした。

どれほど心を込めて聖奏しても、人の傷を癒しても、感謝されるばかりの仕事ではない。

そのことを、セリアも重々承知していた。

セリアは、去年引退した先代筆頭聖奏師からの教えを心に刻み活動している。聖奏に対するセリアの行動概念も、代々聖奏師に受け継がれてきた信念である。

だが、セリアのはきはきした物言いや後輩を叱咤する姿は、万人から好意的に受け止められるわけではない。

（でも、大丈夫）

聖奏師仲間たちは、セリアが厳しい理由もちゃんと分かっている。

泣き虫なペネロペだって、「セリア様のことが大好きです」と言ってくれる。

周りに何を言われようと、大丈夫。自分は、正しいことをしているのだから。

（今日も一日、疲れた）

退出の挨拶をして、最後の後輩が部屋を出ていく。

　聖奏師の詰め所で仕事をしていたセリアは、うーんと伸びをした。報告書を束ねて紐で綴じて、セリアはデスクの端に置いていた書類を手にした。

　それは、明日入ってくる予定である新人聖奏師についての調査書だった。

（ミュリエル・バーンビー。王国西の湖畔地方出身。誕生直後はそうでもなかったけれど成長するにつれて聖奏師の能力が高くなっていった、珍しい例ね）

　ファリントン王国では、女児が誕生すると各地方領主の屋敷に参上し、聖奏師の資格があるかどうかを検査することになっている。セリアも王都の機関で検査を受け、ランズベリー公爵家の名に恥じない数値を叩き出した、と叔父から言われている。

　叔父公爵の姉夫妻であるセリアの両親は十年以上前に事故で死亡してしまったが、両親も才能に恵まれたセリアの誕生を心から喜んでくれた――そうだ。

（ミュリエルは、十五歳……私より二つ年下ね）

　調査書を読みながら、二十数名いる聖奏師の顔を頭の中で思い浮かべる。

　大半の聖奏師は、セリアより年下だ。今朝のように叱ることもあるが、それでも可愛い後輩であることに間違いはない。ペネロペなんて今月に入ってもう何度叱ったか分からないくらいだが、それでも彼女は少しずつ成長していた。

　数名は年上もいるが筆頭であるセリアに従い、困った時には親身になって相談に乗って手を貸してくれるので、セリアも彼女らに頼らせてもらっていた。

現在のところ、聖奏師としての腕前は間違いなくセリアが一番だ。セリアが筆頭になってまだ一年足らずだが、そもそも少女たちが聖奏師として役目を全うできる期間は短い。今から次の筆頭候補を考えておいても、遅くはない。

実際に会って実力を確かめなければ何とも言えないのだが、もしミュリエルの才能が他の聖奏師たちを上回っており、彼女自身にそれだけの器があるのならば、次期筆頭の座に据えるというのも十分考えられることだ。

(どんな子かしら……みんなと仲良くなれるといいのだけれど)

ミュリエルの調査書をデスクに戻したセリアの耳に、ドアがノックされる音が届いた。

「セリア、在室だろうか」

そう問うてきた青年の声を耳にした、とたん。

(あっ——)

とくん、とセリアの胸が甘くときめく。それまで仕事のことや仲間のことばかり考えていた頭の中がすうっと晴れ、ふわふわとした幸福感でいっぱいになる。

「は、はい。今すぐ開け——」

最後まで言う前に、ドアが開かれた。

そこに立っていたのは、二十代半ばの青年だった。癖のある灰色の髪の隙間から覗く空色の目に見つめられると、ふわふわと体中が心地よくなってくる。

彼は後ろ手にドアを閉めると椅子から立った姿勢のまま硬直してしまったセリアを見て、いたずらっ子のように微笑んだ。

「今日も遅くまでご苦労だった、セリア」

「へ、陛下こそ、お忙しい中おいでくださり、ありがとうございます」

セリアは椅子に躓きそうになりながら青年のもとに駆け寄り、彼が差し出した上着を受け取った。肩章やバッジが大量に付いた上着は、見た目以上に重い。

「すぐにお茶をお淹れしますね。そちらにお掛けください」

「ああ、いつもありがとう」

そう言って、青年——ファリントン王国の若き国王であるエルヴィスは快活に笑う。彼に見つめられていると思うと、茶の準備をするセリアの頬はあっという間に真っ赤に染まっていく。

セリアが淹れた茶は、「ものすごく薄い」か「ものすごく渋い」かのどちらかだ。今回も茶葉を取り出した後でおそるおそるポットの中を見てみたが、案の定その色はものすごく薄い。皆と同じ手順で、同じ時間蒸らしているはずなのに、どうしてこうなるのだろう。

「ど、どうぞ」

カップに注いでエルヴィスに差し出す。彼は紅茶を飲んだ後、ふふっと笑った。

「これはすごいね。色は薄いのにすごく苦い」

「す、すみません」

「いいんだよ。……それじゃあ、今日の報告を頼もうか」

エルヴィスに言われたセリアは表情を改めて、先ほど綴じた書類を差し出した。

「……城下町の往診に、太后の診察。いつも助かっている、ありがとう」

「いえ……」

「騎士団の方でも、仕事をしてくれたみたいだな。……私も先ほど耳にしたのだが、連中は君たちに対して心ない言葉をぶつけているということだが、どうなのだ？　騎士団には、聖奏師には敬意を払うようにと常日頃から忠告はしているのだが――」

「いいえ、私の性格が彼らに受け入れられないからでしょう。それに、あれこれ言われるのは専ら私のみ。部下たちは特に何も言われておりませんので、大丈夫かと」

エルヴィスに問われたセリアは、はっきりと答えた。

部下たちが暴言を吐かれるのならばともかく、連中が文句を言うのはセリアに対してだけだ。自分の性格はきつくて頑固なので、多くの者から煙たがられていることも分かっている。

（でも、分かってくれる人がいるから、大丈夫）

部下たちや、公爵家の親戚。一握りの顔見知り。そして――

エルヴィスは黙って書類に判を捺して、顔を上げた。

「……セリア。こちらへ来なさい」

──艶めいたエルヴィスの言葉に、セリアの心が、体が、歓喜で震える。

「……はい」

どくどくと脈打つ胸に手を当てたセリアは浅い息をつきながら腰を上げ、テーブルを回ってエルヴィスの座るソファへと向かった。

すかさずエルヴィスの腕が伸び、セリアの腰を抱き寄せる。

「陛下──」

「セリア、今だけは『陛下』はだめだと言っているだろう？」

「あ……！」

エルヴィスは、セリアの右の耳孔にふうっと息を吹き込みながらそう囁く。彼は、セリアが耳と首に弱いことを知っているのだ。

思わずぞくっと身を震わせたセリアは、エルヴィスを見上げた。宝石のように輝く彼の目を見ていると、酒に酔ったかのように頭の中がぼんやりとしてしまう。

「……んっ、はい、エルヴィス様」

「よろしい」

くくっと低く笑う声に続き、セリアの唇がふさがれた。

仕事の報告をするだけなら、セリアが書類を持って執務室に行けばいいだけのこと。な

ぜ国王自ら聖奏師の作業部屋まで来るのかというと、「これ」のためだった。

筆頭として働いていると、自然とエルヴィスとの距離が近くなった。そして……この、若き国王と筆頭聖奏師の密かな恋が始まったのが、半年ほど前のこと。

ゆっくり唇を離したエルヴィスは、空色の目でじっとセリアを見つめた。

「……セリア、国が安定するまで、待っていてくれるか」

「……エルヴィス様」

「君の叔父上――ランズベリー公爵も納得してくださるような国王になれたら、君を妃に迎えたい。……それまで、待っていてほしい」

エルヴィスは八年ほど前に、長年抗争状態にあった隣国・グロスハイム王国に攻め込み王子・コンラートを捕らえたことで、グロスハイムを制圧した。これにより、元々第三王子で王位から遠かった彼は兄王子たちを押しのけて、王太子になった。

そんな、勇猛果敢な若き王。セリアは、彼の隣に並ぶ権利を与えられた女性なのだ。

「……は、はい。あの、エルヴィス様。私もあなたの妃にふさわしい人間になれるよう、今以上に頑張ります」

「頑張るのはいいけれど、無理はしすぎないように」

「もちろんでございます」

セリアは微笑み、エルヴィスの胸に身を預けた。

頑張れる。どんなに辛くても、ひどい言葉を掛けられても、頑張れる。

(陛下、あなたにふさわしい女になります)

「ミュ、ミュリエル・バーンビーと申します！　これから聖奏師として頑張りますので、よ、よろしくお願いします！」

そう言って頭を下げたのは、ふわふわの茶色の髪を肩に流した少女だった。

着ているローブはおろしたてであることが一目瞭然で、まだのりが利いておりぱりっとしている。顔を上げると、くりくりとした大きな茶色の目が露わになった。農民として暮らしていたというのが信じられないくらいの、愛らしい美貌を持つ少女である。

セリアは隣に立って挨拶をしたミュリエルから部下たちへと、視線を動かした。

「昨日言った通り、彼女の指導は私が行いますが、皆でミュリエルを支えるように」

はい、と聖奏師たちは声を揃えて返事をする。ミュリエルは軍隊のようにきっちりと統率された聖奏師たちの姿に怯えているかのように、大きな目をきょときょとと動かしていた。

(……緊張するのも、仕方ないわよね)

公爵家の生まれであるセリアと違い、ミュリエルは王都ルシアンナに来るのもこれが初めてだという。

セリアはミュリエルの肩に手を置き、不安そうな眼差し(まなざ)しの彼女に微笑みかけた。

「これから一緒(いっしょ)に頑張りましょう。あなたの成長を期待していますよ、ミュリエル」

「……は、はい。よろしくお願いします、セリア様！」

ミュリエルはそう言って、大輪の花が開いたかのように微笑んだ。

無邪気(むじゃき)なその笑顔(えがお)を見て――セリアは、この子をしっかり育てよう、と志したのだった。

ミュリエルを指導しようと決意したのはいいものの、物事はそううまくは進まない。

「無理です！　私、計算できないんです！」

ミュリエルが悲痛な悲鳴を上げたが、悲鳴を上げたいのはこちらの方だ。

彼女の向かいで計算の例題を書いていたセリアは、ずきずき痛む側頭部に手をやった。

ミュリエルは、聖奏師としての実力が非常に高いことが分かった。ただたどしいながらも彼女が聖奏した結果、新人とは思えないほどの効果を発揮したのだ。

これは期待できる――と、皆は思ったのだが。

「大丈夫(だいじょうぶ)です、ミュリエル。さあ、ここからもう一度――」

「嫌！　セリア様、どうして私たちが計算なんてしないといけないんですか⁉」

　ペンを放り投げたミュリエルが、潤んだ目を向けてくる。隣に座っていた聖奏師がペンを拾ってデスクに置いてくれても、見向きもしない。

（勉強が苦手なのは仕方ないこととして、もうちょっと意識を変えてくれないと）

　セリアは努めて笑顔で、問題用紙を差し出した。

「聖奏師とて、聖奏だけすればいいわけではありません。報告書を書くこともありますし、備品を購入したりする際には簡単な暗算も必要です」

「でも、私、勉強は苦手なんです。私は聖奏をして、他の仕事は他の人に任せた方が効率がいいじゃないですか」

「効率非効率の問題ではありません。それに、常に側に誰かがいるとは限らないでしょう？　……さあ、ペンを持って」

「ううう……もう嫌ぁ」

　唸って、ミュリエルはデスクに突っ伏した。

（これは……ペネロペが可愛く見えてしまうわね）

　今年入団したばかりのペネロペも平民出身だが、今のミュリエルよりもずっと根性がある。泣き虫だがへこたれないし、あれでいて案外図太い子なのだ。

　それに比べ、ミュリエルは甘えん坊で、根気がない。聖奏は好きらしいのでどんどん新しい楽譜を覚える一方、勉強はからっきしで努力さえしない。

結局、勉強時間が終了してもミュリエルは初級の計算さえできなかった。毎年新人の面倒を見ている聖奏師も、お手上げの様子である。

そういうわけで夕方、仕事を終えたセリアは城の図書館を訪れた。

（初級編の数学参考書があったはず）

ミュリエルは勉学において、理解度が非常に低い。だが、根気強く教えれば少しずつ進歩するはずだ。むしろ、してもらわなくては困る。

「……あら、筆頭聖奏師よ。今日もまた、新人聖奏師を虐めたらしいわね」

「そうそう、私も見たわ、新人の子が、泣きながら部屋から出ていって――」

女性たちの声が聞こえて、セリアは立ち止まった。彼女らは喋りながら歩いているようでその声はすぐに聞こえなくなったが、セリアの気分はすぐには元に戻らない。

（ばかばかしいわ）

確かに今日、ミュリエルは泣きながら部屋を飛び出してしまった。だがそれはセリアが虐めたからではなくて、ミュリエルが癇癪を起こしたからだった。それに、ミュリエルの態度に対して厳しく叱責したのはあの新人教育係の聖奏師であって、セリアではない。

（叔父様に、なんと言われるかしら）

公爵である叔父のことを考えると、ついついため息が漏れてしまう。

叔父は筆頭聖奏師になったセリアを一族の誇りだと言ってくれるが、騎士や使用人たちからの評判がよくないことについてはしばしば苦言を呈されている。

元々叔父は、公爵令嬢でありながら家のためではなく自分の恋のために身分の低い父と結婚したセリアの母を、快く思っていなかったそうだ。もしセリアが落ちぶれることがあれば、叔父は一族の恥だと容赦なくセリアを見捨てるだろう。

(……でも、エルヴィス様がいらっしゃるもの。大丈夫よ)

国王と筆頭聖奏師の結婚は、周りの理解さえ得られれば理想的なものだろう。そうなればきっと叔父も、セリアのことを認めてくれるはずだ。

だから、それまでの間に零落することがあってはならない。何があっても。

「……あ、セリアだ」

いつの間にかきつく目を閉ざしていたセリアは、明るい声を耳にしてはっと顔を上げた。視線を向けた先、書架の間からひょっこりと顔を覗かせている青年の姿が。

「お疲れ、セリア。探しものかい？」

彼はセリアと目が合うと陽気に笑い、歩み寄ってきた。

「あら……久しぶりね、デニス」

青年の姿を目にして、セリアは肩にこもっていた力を抜いてふっと微笑んだ。

手を振ってにこやかに微笑む男の名は、デニス・カータレット。ファリントン王国騎士団に所属している、青年騎士だ。

首筋で結わえたくすんだ金色の髪が、窓から差し込む控えめな夕日を受けて赤っぽく輝いている。騎士団の普段着である藍色の隊服がよく似合う、笑顔の眩しい好青年だ。

セリアよりひとつ年上のデニスとは、学生時代に知り合った。

セリアが貴族女子のみが通う学校に八歳から十二歳まで通っている頃、平民出身の男の子であるデニスは少し離れたところにあった寄宿学校に通っていたという。

学校同士の交流はほとんどないが、両学校の中間地点にある図書館は両校の生徒が利用していた。デニスとは七年ほど前、その図書館で出会ってから親しくなった。

デニスは人当たりがいい気さくな少年で、知識も豊富だった。とりわけ世界各国の情勢や地理歴史に堪能で、セリアは彼の蘊蓄のおかげで社会科の成績を上位に保てた。

そんなデニスはセリアにとって数少ない、心を許せる大切な友人だ。

「そうだね。セリアが筆頭になってからは、めっきり会う機会が減ったかも」

デニスはそう言い、辺りの書架から手近な本を取り出して、表紙を見た。

「……この辺は、参考書？　セリア、今以上に勉強するのか？」

「いいえ、今日はこの前入ってきた新人用の参考書を見繕いに来たの。聖奏はともかく、勉強の方はしっかり教える必要のある子なのよ」

「そっか。実は騎士団の仲間も、新人の子と君のことについて、あれこれ言っているんだ。

……でも僕は、セリアがどれほど一生懸命なのかよく知っているからね」

真面目な顔になったデニスを、セリアは見上げた。

子どもの頃から腹を割って話をしてきたデニスは、セリアの性格もよく知っている。だから、騎士団などで流れている噂が真実ではないと分かってくれているのだ。

そんな彼の心遣いがありがたくて、セリアは微笑んだ。

「ありがとう、デニス。……正直、ちょっとだけ苦しく感じていたのよ」

「うん、そうだろうと思った。僕も昔よりは昇格したし、きっとセリアの力になれると思う。何かあったら遠慮なく話してくれよ」

自分の胸をどんと叩いてそう宣言するデニスの笑顔が眩しくて、嬉しくて、申し訳なくて、無性に泣きたくなった。

(うん、大丈夫。仲間も、陛下も、デニスもいるから)

きっと、大丈夫。

「セリア様、ひどいです！　どうして傷を完治させてあげないのですか⁉」
ミュリエルに詰るように言われたセリアは、またか、と嘆息した。

今彼女が異議を申し立てているのは、先ほど行った治療についてである。

いつものように、セリアは負傷した騎士に途中までしか聖奏を聞かせなかった。それについてミュリエルが、声高に反論してきたのだ。

「あの騎士様の脚の腫れは、完全に治まっていません。これじゃあ馬に乗れません！　騎士様がかわいそうです！」

「でも、日常生活を送ることは可能よ。いつも言っているでしょう。わた――」

「セリア様はひどいです！　そうやって精霊の力に頼りすぎたらだめとか、精神力が弱まるとか言って、患者を放置するなんて！」

ミュリエルの高い声が脳に響き、セリアは顔をしかめる。

ミュリエルの反論にうんざりしてきたのはもちろんだが、それだけではない。

ここはまだ、騎士団の詰め所――つまり周りには、騎士たちもいる。しかも彼らは、セリアに反抗するミュリエルを興味津々に――ある者は期待の眼差しで見つめているのだ。

(これじゃあ、皆への説得も難しくなるじゃないの！)

今まで彼らが文句を言いつつもセリアに従っていたのは、他の聖奏師たちもひっくるめて「それが正しい」という雰囲気を醸し出していたからだ。

だが今、新米聖奏師であるミュリエルがセリアの行動理念に異を唱えている。

ミュリエルの考えは騎士たちと同じ。聖奏の力があるのならば途中でやめたりせず、最後まで聞かせるべきだというのだ。

（それがよくないのだって、何度も言っているのに……）

ミュリエルも、最初のうちは大人しく話を聞いていた。だがやがて彼女は年少者たちを邪険に扱うようになり、年長者の言葉にも耳を貸さなくなり、そして最後にはセリアの説教さえ遮るようになった。

（疲れた……）

騎士団での仕事を終えたセリアは、ふらふらになりながら作業部屋に戻る。ミュリエル一人の相手でこれほどまで疲弊するとは、思っていなかった。

ミュリエルは、とにかく目立つ。容姿はもちろんのこと、可愛らしい声は案外遠くまで聞こえるので、彼女が泣けば皆が「また筆頭が泣かせた」と噂し、彼女がセリアに刃向かえば「新人の方が理に適っている」と同意の声を上げる。

（私だって、好きで聖奏を途中でやめているわけじゃないのに！）

精霊の力を呼び起こす聖奏は、聞いているだけでも幸せな気持ちになれる。中には「禁書」と呼ばれる禁断の楽譜もあるが、それを読めるのは代々の筆頭だけ。セリアも一応内容を覚えてはいるが、それを使うつもりはない。

最後まで奏でて、患者を完治させたい。だが、精霊の力はむやみに使うべきではない。聖奏に頼りきりになると人の心は弱くなり、精神力が衰えてしまう。今は他国と渡り合えているファリントンも、心が弱くなり隙が生まれれば他国からの侵略を受けてしまうかもしれない。

ミュリエルにもそう教えてきたし、聖奏師でない者だって基礎教養として邪神や精霊のことを学んでいるはずだ。

(このまま皆がミュリエルに同意してしまったら、危ない)

ミュリエルの考えを改めさせなければならない。城中の人間の意識も同じだ。

……自分がやるべきことは分かっている。それなのに、どのようにすればいいのかがセリアは分からなくなっていた。

ある日、セリアとミュリエルはとうとうエルヴィスの御前に呼ばれた。

「……ここしばらく城内で噂になっているそなたたちのことを、さすがに国王として看過できぬようになってきた」

エルヴィスは、セリアとの逢瀬の時間に見せる甘い雰囲気を一切ぬぐい去った厳格な眼差しでそう告げた。

「セリア・ランズベリー、そしてミュリエル・バーンビー。そなたたちは聖奏師として協力するべきであろう。それなのになぜ、身内同士で諍いを起こしている？」

セリアはぐっと唇を嚙みしめて、壇上のエルヴィスに発言の許可を取った。

「私はミュリエル・バーンビーの実力を評価しております。聖奏師としての才能に恵まれた彼女ならば、私が退いた後の筆頭候補にもなるだろうと思って教育して参りました」

自分が退く――つまり王妃になるということだが、それはまだ口にできない。

「その過程で、彼女と意見の食い違いが生じてしまったのです。わた――」

「陛下、発言してもいいでしょうか！」

セリアはぎょっとして、隣に跪くミュリエルを凝視した。ミュリエルがセリアの言葉を遮るのはもはや日常茶飯事になっていたが、まさか国王の御前でも同じことをするとは。

エルヴィスは難しい顔でミュリエルを見下ろした後、「……よい」と言った。

ミュリエルはローブの裾をちょちょっと払い、いつものようによく通る声で話し始める。

「私は、セリア様のお考えに完全同意することができません。私たちの力は人のために使うべきなのに、セリア様は聖奏師としての力を十二分に活用していないと思います」

「……それが代々の筆頭の考えであると、私は聞いているが？」

さすがにエルヴィスは、ミュリエルの言葉に簡単に落ちたりはしないようだ。

内心安堵するセリアだが、ミュリエルは肩を落として首を横に振った。

「……私は、生まれも育ちも田舎です。だから、難しいことはよく分かりません。でも、今までずっと続けてきたことが必ずしも善であるとは限らないと思うのです」

「何をっ――！」

「静かにせよ、セリア・ランズベリー」

思わず声を上げてしまったので、エルヴィスに制された。それが悔しく、セリアは唇を噛んで横目にミュリエルを窺う。

ミュリエルはセリアの反応には気を留めず、すらすらと述べていく。

「時代は移ろい変わってゆきます。あえて古きに逆らうことで造られる、国民が不自由なく暮らせる国――それを目指すのにも、価値があると思うのです」

（……何、この子――？）

ミュリエルの話を聞いていたセリアは、小さく息を呑んだ。いつもはすぐに癇癪を起こすのに今は流暢に喋るミュリエルが、妙に恐ろしく感じられる。

（いや、それよりもこのままだとまずいわ）

ミュリエルは、いつもの彼女とは別人のように理路整然と話をしている。このままだと、セリアが「時代遅れの固定概念に囚われた者」で、ミュリエルが「斬新な思考で国の改善に取り組もうとしている者」だと周りにも認識されてしまう。

エルヴィスは難しい顔のまま、ふーむと唸った。

「……どちらの意見も、一理あると言える。古代から伝わってきた思考にはそれなりの理由があるが、あえて斬新な方法をとることで道が開けるかもしれない、ということか」

どくん、どくん、とセリアの心臓が今までにないほど大きく脈打つ。

怖い。セリアの考えを、セリアの存在を否定されるかもしれないと思うと——怖い。

ふいに、ミュリエルが発言する。

「陛下、ご提案がありますが発言してもよろしいでしょうか」

「よい、何だ？」

「筆頭の座を懸けて、私とセリア様で勝負をさせてくれませんか」

謁見の間に響き渡る、ミュリエルの声。

弾かれたように顔を上げたセリアは、自分の隣で真っ直ぐ前を見つめるミュリエルを目にすると、何も言えなくなった。

「セリア・ランズベリー。残れ」

話し合いの後で、セリアはエルヴィスに呼ばれた。

立ち去ろうとしたミュリエルは振り返ってこちらを見てきたが、エルヴィスはそんな彼女に無言で退室を命じたため、ミュリエルはやや不満そうな顔をしつつも出ていった。

さらにエルヴィスは側近たちも一時人払いをさせ、セリアに向かって手招きをしてきた。

「……そなたとミュリエル・バーンビーの対決試験が決まった」

重々しいエルヴィスの言葉に、セリアは唇を噛んで頷く。

ミュリエルの発言の後に側近たちを含めて議論した末、ここではっきりと決着をつけるべきだろうということで、筆頭聖奏師の座を懸けて対決することになったのだ。

聖奏師としての聖奏の腕前だけでなく、勉学にも秀でている、より優秀な者こそが、筆頭にふさわしいだろう。それならばミュリエルが現筆頭であるセリアと勝負をして、どちらがより優れているのか白黒つけるべきだ——というのが側近たちの意見だった。

「セリア、私はそなたが勝つと信じている」

「えっ……」

セリアが顔を上げると、エルヴィスはそれまで引き締めていた顔を緩めた。

「ミュリエル・バーンビーの発言の意図も、分からなくもない。そして彼女の発言が城の者たちの共感を得ており、無下にはできないこともな」

「っ……はい」

「であるからこそ、ここで決めてみせよ。そなたが勝てば、ミュリエル・バーンビーもそなたに従うだろう。逆にミュリエル・バーンビーが勝てば、そなたには筆頭としての能力がなかったということになるが……そなたの実力を考えれば、そうなる可能性は低いだろう。むしろ勝利を掴むことで、今後そなたが城内で活躍しやすくもなるのではないか？」

「……仰せの通りでございます」

エルヴィスはそれ以上言わなかったが、セリアの立場が危ういと、エルヴィスとの結婚も難しくなる。ただでさえ今、セリアの評判は右肩下がりになっている。そんな中エルヴィスとの婚姻を発表しても、皆の理解と祝福を得ることは難しいだろう。

セリアの未来のために、そして二人の結婚のためにも、セリアの筆頭としての地位と実力を、皆に知らしめなければならないのだ。

「かしこまりました。筆頭聖奏師の誇りと陛下への忠誠にかけて、必ずや勝利します」

「ああ。……期待している、セリア」

そう言ってエルヴィスが微笑む。それだけで、セリアは頑張れた。

その日から、セリアは猛勉強を始めた。

筆頭聖奏師としての仕事は手を抜かない。ただ、色々な意味でミュリエルの指導は難しいだろうということで、教育係の聖奏師に世話を任せることにした。

日中は仕事をして、日が暮れたら図書館で勉強をする。

ミュリエルとの勝負内容には聖奏はもちろんのこと、「より賢く、より優れた者を勝者に」ということで、筆記、聖弦の初見演奏なども含まれている。城に勤める者たちに事前準備などを依頼した国王も巻き込んでの対決になるので、かなり大がかりである。

(でも、負けるわけにはいかない)

今日もセリアは鍵を借りて、通常の閉館時間を過ぎても本を読みまくっていた。

「……セリア?」

遠慮がちな声に、セリアははっとして顔を上げて掛け時計を見上げた。いつの間にか、夕食の時間すら過ぎていた。

「その声は……デニス?」

「そうだよ。遅くまでお疲れ、セリア」

そう言って歩いてきたデニスは、手に紙包みを持っている。

彼は一言断ってからセリアの隣に座り、セリアの鞄の中に紙包みを押し込んできた。

「……これは?」

「今日の夕食からかっぱらってきた。セリア、チーズを練り込んだパンが好きだろう?」

「……あ、ありがとう。でも、司書に見つかったら叱られちゃうわ」

「ここで食べなけりゃ大丈夫だよ。部屋に戻ったらちゃんと食べて、それから寝るんだよ」

そう言ったデニスは、テーブルに積まれた本を眺めて嘆息した。

「……騎士団でも噂になっている。本当に、どうしてこうなったんだろうね」

「仕方ないわ。元々私の評判は悪かったのだし、いっそ名誉挽回のチャンスだと思って臨むことにしたのよ」

デニスには努めて強気に言い返したが、まったくの虚言でもない。

今のセリアは、後に引けない状況だ。

負ければ全ての名誉を失うが——勝てば、全てを取り戻せる。

「そっか。……そういえば、僕も君たちの対決試験に協力することになったんだよ」

「そうなの……世話になるわね。裏方とか？」

「うん、試験問題の運搬とか、配布だね。もちろん、試験内容は知らないよ」

デニスはそう言い、藍色の目に憂いを浮かべてセリアを見つめてくる。

「……セリア。僕は君の努力を知っている。君の勝利を、信じている」

静かにデニスの左手が伸び、ペンを握っているセリアの右手に重なった。

熱くて、大きくて、硬い手のひら。エルヴィスとは少しだけ違う、男性の手。

「……幸運を祈っているよ。頑張って、セリア」

重なった手のひらから彼の熱や思いが伝わってくるようで、セリアはしっかり頷いた。

「……ええ。ありがとう、デニス。あなたの応援に応えられるよう、頑張るわね」

対決試験、当日。

聖奏試験では負傷した動物の治癒を指示され、セリアは全力で聖奏を行った。

（傷が癒えますように。元気に野を走れますように）

セリアが聖奏している隣では、ミュリエルが暴れる動物相手に苦戦しているのがちらと見えた。

筆記試験で出題された歴史や文学、法律などの問題はどれも、見たことのあるものばかりだった。出題者の好みなのか、問題の並びが独特で最初手間取ったものの、時間内に全部解けた。隣の席では、ミュリエルがうんうん唸っていた。

聖弦の初見演奏試験では、雇われた楽師が試験用に作ったという楽譜が配られたので、皆の前で初見演奏を行う。なかなかリズムを取るのが難しい曲だが、最後まで間違えずに弾ききれた。セリアの次に演奏したミュリエルを見ると、楽譜を読むのにかなり時間が掛かり、明らかに何音か外しているのが分かった。

勝てる。絶対に勝てる。

聖弦を片付けたセリアは、西の空の彼方に沈む夕日を晴れ晴れとした思いで見つめた。

ミュリエルの様子を見る限り、彼女がセリアに勝てる要素はほぼないだろう。筆記内容までは見えないが、聖奏や初見演奏はセリアの方が明らかに上だった。

結果発表は、明日の朝。

（エルヴィス様、ちゃんとご期待に添えました）

聖弦のケースを胸に抱き、セリアは夕日に背を向けた。

体中から力が抜ける。

体温がすうっと下がり、部屋を出る前に水を飲んできたはずなのに喉はからからで。

セリアの深緑色の目は、輝きを失っていた。

機械的に動く眼球が、目の前に掲示された結果一覧の文字を追っていく。

「……見ろよ、あの結果」

「何、あんだけ偉そうに言っていたのに、このざまかよ」

「ひどいものだな……これで筆頭を名乗っていたのか？」

廊下に集まっていた者たちが掲示を見てひそひそ囁きあっている声も、セリアの耳にはうまく届いてこない。

昨日行われた、筆頭聖奏師と新人聖奏師の勝負の結果。

聖奏――セリア・ランズベリーが聖奏を行った動物は夜になって苦しみだし、死んだ。

ミュリエル・バーンビーが聖奏を行った動物は、現在も元気に走っている。

筆記――セリア・ランズベリーの解答はことごとく外れている。ミュリエル・バーンビーの解答は間違いもあったものの、正解数はセリア・ランズベリーよりも多い。

初見演奏――セリア・ランズベリーの演奏は、リズムが全く合っていない。音楽に精通していない者であれば分からないだろうが、楽譜を読み違えたのだろうと判定員は語っている。ミュリエル・バーンビーは音の間違いはあったが、かなり正確に弾ききることができた。

結果――ミュリエル・バーンビーの勝利。

（嘘だ――！）

セリアは胸の中で、声にならない絶叫を上げる。

嘘だ、こんなの、何かの間違いだ。

自分がミュリエルよりも劣っているはずがない。

聖奏では、傷を完全に塞いだ。筆記では、何度も見直しをした。初見演奏では、弾く前にリズムも拍子も記号も全て確認した。

「セリア様！　これって、どういうことですか!?」

呆然とするセリアのもとに、聖奏師たちが駆け寄ってきた。セリアの勝利を確信してくれていた皆の顔は真っ青だ。

「おかしいです！　セリア様があんなひどい結果を出すわけがありません！」

「きっと何かの間違いです！　今でも間に合うでしょうから、抗議を——」

「待て。……おまえたち、陛下も確認済みの判定結果に、異を唱えるつもりか？」

聖奏師たちの声を聞きつけたらしく、こちらを向いて睨んでくるのは中年の男性官僚。

睨まれた聖奏師たちがひっと息を呑んだため、セリアは慌てて彼女らの前に立った。

「お待ちください！　部下たちは動揺して、思ってもいないことを口走っただけです！」

……本当は、セリアだって叫びたかった。

だが、周りにいる騎士や官僚、貴族たちは皆、セリアたちを睨むように見てきている。

セリア一人が叱られるならともかく、無関係の部下たちまで巻き込むわけにはいかない。

（今は、引く姿勢を見せないと。それから、陛下に確認を……）

「——まあっ！　やっぱり私が勝ったのね！」

必死に考えるセリアの頭に、はしゃいだ少女の声が突き刺さってきた。

今、セリアが世界で一番聞きたくないと思っていた声。

遅れてこの場に来たらしいミュリエルは、結果一覧を見てぴょんぴょん嬉しそうに跳ねている。その周りで拍手をしている騎士たちは、ミュリエルを恍惚の眼差しで見ていた。

「さすが、ミュリエル様！」

「筆頭聖奏師就任決定、おめでとうございます！」

「ありがとう！　皆が応援してくれたおかげよ！　ありがとう！」

ミュリエルが弾けんばかりの笑顔を見せると、騎士たちはいっそう盛り上がった。それは貴族たちも同様で、「平民ということだが、なかなか美しい少女だ」「かように明るい性格の女性であれば、聖奏師団の雰囲気も改善されるだろうな」などと呟いている。

……ぐっ、とセリアは拳を固めた。

(私は……あんな子に負けて、筆頭の座を譲らないといけないの……!?)

その時ふと、ミュリエルと視線がぶつかった。セリアはとっさに逃げようとしたが、ミュリエルの方からぴょんぴょんしながら近づいてきた。

「あっ、セリア！　やっぱり私が勝っていたわね！　でも、当然よね！　私の方が正しくて、優秀なんだもの。……ねえ、私に何か言うこと、ない？」

屈辱だ。

セリアが敗北したと分かるなり、呼び名も態度も変えてくるミュリエル。

そんなミュリエルをまるで女神のように称え、うっとりした眼差しで見つめる面々。

「……おめでとうございます、ミュリエル」

「えっ、呼び捨てなの？　私、筆頭になるのよ？」

「っ……おめでとうございます、ミュリエル、様っ……！」

「どういたしまして。……そういうことで、セリアはこれからどうするの？」

「……え？」

「正直、セリアって怖いし態度も悪いけど、私の部下になるというのなら、受け入れてあげてもいいわよ？　ごめんなさい、って言うのなら、これまでひどいことをしてきたことも許してあげるわ」

いけしゃあしゃあと言われたセリアは、我が耳を疑った。

（な、何なの、この言い方は……この態度は……!?）

受け入れてあげてもいい。許してあげる。

（私が……私が、こんな子よりも格下だというの？　こんな子を筆頭として、従わなければならないというの……!?）

ぷちん、と自分の中で何かが切れた。

「っ……あなたの部下になるくらいなら、聖奏師なんてやめた方がましよ……！」

……よく考えないまま、そう口走っていた。

周りの者がざわめき、ひそひそ声が広がっていく。

ミュリエルも、まさかここまで言い切られるとは思っていなかったようだ。最初はぽかんとしていたが、侮辱されたことに気づいたようでさっと赤面し、ぐっとセリアとの距離を詰めると肩を突き飛ばしてきた。

「くっ!?」

「……本当に、失礼な人ね。そこまで言うのだったら、聖奏師を辞めなさい！　聖弦を燃やして、ここから出ていきなさいよ！」

「そ、それはあなたの決めることじゃないでしょう！　いくらなんでも……」

「……何の騒ぎか！」

怒鳴りあっていたセリアたちは、凛とした声にはっとした。見れば、人垣が割れる中、騎士たちを連れてやってくる若き王の姿が。

――どくん、と不安で心臓が鳴る。

あれほど愛しく思っていた人なのに、今はその姿を見たくない、と思ってしまう。

エルヴィスはちらっとセリアを見てから、ミュリエルの方に視線を向けた。

「……ミュリエル・バーンビー。そなたが勝利しただろう。何をしている？」

「セリアが、ひどいことを言うのです！　おまえの部下になんてなりたくない、そんな屈辱を味わうくらいなら、聖奏師を辞めた方がましだ、って！」

「勝手に言葉を足さないで――」

「黙っていろ、セリア・ランズベリー！」

エルヴィスに一喝されて、セリアは泣きたくなった。

エルヴィスは、セリアの方を見てくれない。彼の目線の先にいるのは、ミュリエルだ。

「判定結果は、私も確認している。約束通り、そなたを筆頭にしよう。……だが、仲間内で不和が生じるようでは、今後の活動に支障を来すだろう。本人も口にしたのであれば、セリア・ランズベリーは除籍処分とすればよかろう」

「なっ――」

「はい！　そうします。……あの、陛下。これから、どうぞよろしくお願いします」

「ああ、そなたの働きに、期待している」

エルヴィスとミュリエルが見つめあい、そっと手を取った。

それを見て、周りの者たちがますます沸き立つ。

「……まあ、とってもお似合いの二人ね」

「ああ。きっとファリントン王国はこれから、ますます繁栄していくことだろう」

「さらに陛下とミュリエル様がご結婚なされば、ますます喜ばしいな」

「そうですね。でも、あのお二人の様子から、そうなる日も遠くないでしょうね」

そんな会話が周りでなされるが、セリアは動けなかった。

ただただ、手を取りあって去りゆく二人の背中を、呆然と見ていた。

セリアがミュリエルに対して啖呵を切り、エルヴィスからも見放された後。

セリアは駆けつけてきた叔父に罵倒され、「よくも公爵家の名に泥を塗ったな！」と蹴り飛ばされ、勘当を言い渡された。

ミュリエルはすぐに叙任式を受けて、筆頭聖奏師になった。そしてセリアの除籍処分を告げ、愛用の聖弦の焼却処分も命じた。

十年近くセリアと共に頑張ってくれた聖弦が火にくべられて燃え、灰になる。その灰もさっさと埋められていくのを、セリアはなすすべもなく見守ることしかできなかった。

多くの者たちがミュリエルを歓迎する中で、セリアの元部下だった聖奏師たちは皆、セリアの気持ちを汲んでくれた。それはとても嬉しいが、エルヴィスやミュリエルに抗議することだけはセリアも全力で阻止した。

これ以上セリアと関われば、今後彼女らの立場も怪しくなる。これからは皆で協力していくように、と言い残して部屋を去るセリアの背中に、元部下たちが自分を呼ぶ声が突き刺さってきた。

筆頭の地位。聖奏師としての立場。公爵家の人間としての身分。そして――エルヴィスの妃となる可能性。

全てを失ってしまったセリアは一人、城の裏門前に立って夕日を見つめていた。

手に提げた鞄は、思いの外軽い。この軽さが自分の価値をそのまま表しているかのように感じられて、泣きたくなった。

「――リア！」

迎えの馬車が来るのをぼんやりとして待っていたセリアの背後に、青年の声が掛かった。

セリアは目を瞬かせて、両手で思いっきり頬を揉んだ。

そうして顔の筋肉をほぐして笑顔の練習をしてから、微笑の仮面を被って振り返る。

「……デニス」

「よかった、間に合った！」

全力で駆けてきたのだろう、デニスが長い金髪をぐしゃぐしゃにしながら走ってきたので、セリアは泣きたくなる気持ちを抑えて首を横に振った。

「……ごめんなさい、デニス。私、あなたの期待に応えられなかった」

「何を言っているんだ、セリア。あんなの絶対におかしい」

デニスははっきりと言い切り、驚くセリアの肩にそっと両手を乗せてきた。

彼の藍色の双眸には、かたい決意の炎が宿っている。

「やっぱり、一緒に抗議しに行こう。今ならまだ、試験結果がどこかに置いてあるはず。それを探して内容を確認するんだ」

「な、何を言っているの!?」

「どう考えても、あの勝負は公正じゃない。きっと誰かが不正を――」

「デニス！　やめて！」

たまらず大声を上げ、セリアはデニスの制服の胸元を掴んだ。

「そんなことを言ってはだめよ！　あなたまで罪に問われてしまう！」

「だからって、君が一人で去っていくのを指を銜えて見ているなんて、僕は嫌だ」

「無関係のあなたまで巻き込んでしまうことの方が嫌よ！　……ねえ、デニス。あなた、夢があるって言ってたじゃない」

それは、今から五年ほど前のこと。学校卒業間近だったセリアは、図書館で勉強中にデニスに聞いてみたのだ。夢はあるか、と。

セリアの夢は、ランズベリー公爵家の名に恥じない立派な聖奏師になること。デニスはその夢を聞いて笑顔になり、「応援しているよ」と言ってくれたのだ。

だから、セリアも聞いてみたのだ。そういうデニスはどうなのか、と。

デニスの答えは「ある」だった。何が彼の夢なのかまでは教えてくれなかったが、どうしても叶えたい夢、目標があると言っていた。

「それがどういう夢なのかは分からないけれど……あなたには、夢を叶えてほしいから。ほら、私の夢は……もう、叶わなく……っ……！」

「セリア」

目の前で燃やされた聖弦の有様が脳裏に蘇り、今になって目尻が熱くなった。

デニスはハンカチで目元を拭うセリアを悲しそうな目で見た後、大きく息をついた。

「……セリア、君に渡したいものがある。こっちに来て」

デニスはそう言ってセリアの手を引っ張った。彼に誘われるまま付いていったセリアは、城の通用口脇に置かれた大きな布の塊を目にして首を捻る。この通用口は先ほどセリアも通ったのだが、こんな荷物は置いていなかったはずだ。

デニスは荷物の前まで来るとセリアの手を離し、荷物の口を縛っていた紐を解いた。

そこから姿を見せたのは――

「……！　そ、それ……」

「すり替えがうまくいってよかったよ」

デニスは微笑み、袋から中身を半分ほど引っ張り上げてケースの留め金を外した。

革のケースから姿を見せる、妙な形の木枠。そこに彫られているのは、セリアの名前。

「急いで偽物をこしらえたんだ。灰になって埋められたのは、僕が準備した偽物だよ」

「……あ、ああ……！」

無事だった。燃やされたとばかり思っていた長年の相棒が、無事だった。

思わずその場にへたり込んだセリアの肩を、デニスが優しく撫でてくれた。

「ありがとう……ありがとう、デニス……！」

「どういたしまして。それより……これから、どこかに行くんだろう。どこ？」

「……グリンヒル」

デニスに尋ねられたセリアは、小さな声で答えた。

グリンヒル。昔、近隣諸国の地理についての資料を読んでいる時に見つけた地名で、「いつかここに遊びに行ってみたいな」という夢を抱いていた場所だ。

場所は分かるが、具体的にどのような地域なのかは分からない。だが資料には、緑が溢れている気持ちのいい地方と書いてあった。何もかもを忘れて心穏やかに過ごしたくて、セリアはグリンヒル行きを選んだのだ。

グリンヒルの名を聞いたデニスは、「なるほど」と頷く。

「あそこなら、セリアも落ち着いて暮らせるかもね。王都からは結構離れているけれど、君にとってはそっちの方がいいだろう」

「……うん」

「でも、ここから離れていても年頃の聖奏師ってのは目立つからね。聖弦は返すけれど、これから先は聖奏師であることは隠して生きた方がいい」

デニスの言う通りだ。愛用の聖弦は手元に返ってきたが、これは普通の竪琴と違って弦が眩しく輝くので、一発で聖奏師だとばれてしまう。

これから先は、元筆頭聖奏師とは全く違う人生を歩みたい。できるなら、王都から遠く遠く離れた場所で。

聖弦のケースを袋ごと抱きしめ、セリアはこっくり頷いた。

「……デニス、何から何まで本当にありがとう。でも……私、あなたに何も返せないわ。

お金も……そこまで余裕があるわけでもないし」

筆頭聖奏師として稼いだ金は多少あるが、今後の自分の生活費に充てるだけで全て消えてしまうだろう。

だがデニスはふふっと笑い、セリアの赤金色の髪を指先で優しく撫でた。

「そんなのを求めているんじゃないよ。……僕は、君が君だけの幸せを見つけてくれれば、それだけでいい」

「デニス……」

「……いってらっしゃい、セリア。君の無事を願っているよ」

「……うん。行ってきます、デニス」

セリアは、今の自分にできる精一杯の笑顔で、デニスに応えた。

セリアの足元に置かれている聖弦。

弦を張られていないのに、誰も触れていないのに、ピン、と微かな音が響いた気がした。

第2章　緑の丘の聖奏師

広大な領土を持つファリントン王国から東へ馬車を走らせるとやがて、丘陵地帯に差し掛かる。この辺りから土地名はファリントン王国から、ヴェステ地方へと移り変わる。

ヴェステ地方は大昔はファリントン王国の一部だったが、長い時の中で独立し、どこの国にも所属しない地方として確立するに至った。

どこの国にも所属しないため、ヴェステ地方は各国の中継地点として利用されることが多い。訪れた者は、全員客人。ヴェステ地方の者にとって、味方の国も敵の国も存在しない。平等に商売をし、戦争などにも荷担しない。

各国もヴェステを含めた地方に対して共通の認識を持っているため、多数の国家の中で吸収されることなく地方都市が発達しているのであった。

ヴェステ地方グリンヒル。

一年を通して気候の変化に乏しく、真冬以外は青々とした草木の生い茂るこの地に、ある館が存在した。「グリンヒルの館」と呼ばれるそこは、ギルドと養護院と宿を兼ねたような役割を果たしている。

そこに住んでいるのは、老若男女様々な百名程度の人々。幼い子どももいれば、初老に差し掛かった年齢の人もいる。腕自慢の傭兵もいれば、夫を失った女性もいる。

身分も生まれも年齢も関係なく、この館に集まった者たちは協力して生活を送っていた。

「セリア。マザーが呼んでいるよ」

背後から少年に声を掛けられたセリアは、洗濯籠を抱えたまま振り返った。

「はいはい。マザーが何って?」

「よく分からないけど、お金がどうのって言っていた」

ということはおそらく、帳簿を付けてほしいというお願いだろう。

セリアは笑顔で頷き、空になった洗濯籠を少年に差し出した。

「了解。それじゃあ代わりに、これを洗濯場まで持っていってくれるかな」

「うん、持っていく」

素直に頷いた少年は、セリアのお願いを実行するべく急いで駆けていった。大人であるセリアならば籠を抱えても問題ないが、少年程度の身長だと前が見えるかも怪しいだろう。

「あっ、こら！　そんなに急がなくてもいいからね！　転ばないように！」

少年にそう声を掛けてから、セリアは腰に手を当ててふうっと息をついた。

空はよく晴れている。洗濯物もよく乾きそうだ。

「……行こう」

呟いたセリアは、洗濯のために肘までまくっていた袖を戻しながら歩きだした。

セリアが筆頭聖奏師の身分を剝奪され、追い出されるようにして王都を離れたのが、二年前。デニスのおかげで愛用の聖弦だけは手元に戻ったものの、目立つのを避けるためには聖奏師として活躍することはできない。

そんなセリアは、資料で読むだけだったヴェステ地方グリンヒルに向かうことにした。

何かあてがあったわけではない。とにかく、王都から――ミュリエルの、そしてエルヴィスのいる場所から離れたかった。

共にいる時間が短かったからか、ミュリエルのことは一年もすれば頭の中の記憶も風化し「そういえば、そういうとんでもない子がいたっけ」と思う程度になっていた。

エルヴィスのことは最初の一年くらいは何度も思い出し、破れた恋に涙することがあった。だが、新しい生活は王都で暮らしているだけでは得られなかった経験をさせて、セリアの心を強くしてくれた。そうしているうちにエルヴィスのことも、「所詮、お互いにとってその程度だったんだ」と割り切れるようになった。

「マザー。セリアが参りました」

目的の部屋のドアをノックする。すぐに「どうぞ」と返事があり、セリアは軋んだ音を立ててドアを開けた。

そこは日当たりのいい部屋で、窓際のロッキングチェアには中年の女性が座っていた。

そこは彼女の指定席なので、ロッキングチェアに彼女が座っている姿を見るだけで「今日も平和だ」と感じられ、なんだかほっとしてくる。

女性は顔をセリアの方へ向けて、にっこりと笑った。

「よく来てくれました、セリア。今日も帳簿記入をお願いします」

「はい、お任せください！」

やはり、帳簿作業だった。デスクには手書きの領収書や契約書が積まれている。日付も品目もばらばらなので、まずは仕分け作業からするべきだろう。

グリンヒルの館には、大きく分けて三つの役割がある。

ひとつは、労働。若くて元気のある男性は傭兵として仕事に行き、女性は館で作った工芸品などを市に売りに行って金を稼ぐ。この金を、館の維持費や皆の食費に充てるのだ。

ひとつは、生活。労働をしに行く者や行商に行く者の帰る場所となり、食事を作り、洗濯をし、寝床を整える。百人近い館の住人は、皆が仲間、家族なのだ。

ひとつは、教育。グリンヒルの館で暮らす、成人である十五歳に満たない子どもは二十人近くいる。彼らに適切な教育を施すのも、役目のひとつである。

二年前にふらりと現れたセリアは、館の女主人であるベアトリクス——通称マザーに事情を話した。聖奏師であることは伏せ、元々貴族令嬢だが家を勘当されて居場所がない、ここに住まわせてもらえないかと頼んだのだ。肉体労働は不可能だが、学問知識だけは頭に詰まっているという自信があった。

それを聞いたマザーは、セリアを快く館の一員に加えてくれた。そんなに簡単に受け入れていいものかとセリアの方が驚いたが、マザーは笑って、「わたくしは目が見えない分、勘はいい方なのですよ」と教えてくれたものだ。

マザーはいつも、かたく両目を閉ざしている。彼女の瞼が開くことはない。生まれつき、目が見えないそうなのだ。

マザーは目が見えないことで相当苦労をしてきたようで、大人になってから、「どのような見た目、どのような生まれの人でも共に生活できる場所を作りたい」と活動を始めたという。やがて彼女の思想に賛同する者が増え、このグリンヒルの館ができたのである。

マザーは女主人ではあるが、自分から物事に関わろうとすることは滅多になく、館の采配は実質別の者が担っている状態だ。それでもマザーは皆に慕われており、セリアもマザーの優しさと神秘的な雰囲気がすっかり好きになっていた。

またマザーはセリアの知識の深さや計算能力を高く評価して、こうして書類仕事を託してくれたというのも、セリアはまた嬉しかった。

(聖奏だけが取り柄だと思っていた私に、この館の皆はたくさんのことを教えてくれた)

領収書や契約書を種類別に並べ替えながら、セリアは思う。

何も持たないセリアを認め、受け止め、必要としてくれる人がいる。そのすばらしさ、嬉しさを皆が教えてくれた。

ファリントンにいた頃のように、衣食住が完備されているわけではない。大雨の日には屋根が抜けて水浸しになるし、傭兵たちがいない隙に盗賊が押し入ってきたこともある。思うように工芸品が売れず、子どもたちのために自分たちの食費を切り詰めたことだって何度もあった。

それでも、セリアはグリンヒルで過ごすこの日々を愛していた。

これからも、権力とか身分とかとは無縁のこの地方でのんびりと暮らしていくことができれば、セリアは幸せだ。

「……あなたはずいぶん変わりましたね」

ふいにマザーに声を掛けられ、セリアは整理した帳簿を紐で綴じつつそちらを見やる。

マザーはロッキングチェアに揺られながら、口元に微笑みを浮かべていた。

「二年前のあなたとは別人のように変わりました」

「そう……でしょうか。自分ではよく分かりません」

正直に答えると、マザーはふふっと気品に満ちた笑い声を漏らす。

「そうですね、自分の変化は自分ではよく分からないものでしょう。……ここに来たばかりの頃のあなたは何かに追われているかのように身を硬くし、常に辺りに注意を払っていました。きっと、目には見えない何かがあなたを追いつめていたのでしょう」

マザーの言葉に、セリアは手を止めた。

(私は、追いつめられていた——)

目には見えない何か。それはきっと、「どうにかしないといけない」「私は誰かに必要とされたい」という強迫観念にも似た考えだったのだろうと、今では分かる。

手にしていた栄光の全てを剥奪され、セリアという人を必要とされなくなった。

この新天地では公爵家の人間でも聖奏師でもない、ただのセリアだとしても、必要としてほしい。だから、必死になって仕事を探した。

慣れない洗濯をして桶をひっくり返し、力の入れ過ぎで布を破いた。まともに包丁を持ったこともないのに見栄を張り、皮剝き開始数秒で手を切ってしまった。赤子のあやし方が分からず、ただでさえ泣いているのをどうにもならないくらいまで泣かせてしまった。傭兵たちの武具の手入れを手伝ったら、扱いを間違えて壊してしまった。

(……今考えてみると、最初の頃の私はろくでもないことばかりしていたのね)

だが、セリアが失敗をしても笑い飛ばし、「できることをすればいい」と言ってくれたのが、グリンヒルの館の皆である。

「セリア、今夜は仕事に出ていた皆が戻ってきます。料理はもちろんのこと、セリアの演奏を楽しみにしているのですよ」

マザーに言われたセリアは笑顔になって、胸に手を当てた。

「ありがとうございます。張り切って演奏しますね」

「わたくしも楽しみにしていますね」

マザーは光を見ることのない目を閉ざしたまま、セリアを見つめて言った。

夜になり、館の食堂は皆の話し声や食器の音で満ちていた。子どもから大人まで、仕事のない者は全員揃って食事をするので、いつも食堂は大にぎわいだ。子どもはよく食べるし、傭兵たちはそれ以上によく食べる。料理係も大忙しである。

静寂、という言葉とは無縁の食堂に、セリアは足を踏み入れた。竪琴をしっかり抱え、ざわつく食堂を見回してすうっと息を吸う。

「今日も一日お疲れ様でした、皆さん！」

聖奏師時代に大声で仲間に指示を出していたため、セリアの声は喧噪の中でもよく通る。片手を上げて舞台役者のように堂々と食堂に入ってきたセリアを見ると、飲むなり食うなり騒ぐなりしていた者たちは一斉に顔を上げた。

「よっ！　グリンヒル一のべっぴんの登場だ！」

「セリアちゃん、今日も可愛いよ！」

「ありがとう！　皆のおかげで、今日の私も絶好調でーす！」

ちょこっと舌を出したセリアが笑顔でおどけると、どっと笑い声が溢れた。

最初の頃は、このがさつな空気やよく分からない褒め言葉におどおどしていたものだが、二年経てば人間も変わる。ランズベリー公爵家の令嬢が傭兵たちの前でおどけるなんて、親戚たちが知ったら卒倒するかもしれない。

セリアは、料理係があらかじめ準備してくれていたステージに上がった。ステージといっても、木製の箱をひっくり返して並べただけのものだ。その上を歩くたびに箱が軋み、体がぐらぐら揺れる。

「今日も皆さん、お仕事お疲れ様でした。そして子どもたちは、お勉強や訓練をよく頑張りました！　名無しの楽師セリアが皆さんのために、一曲弾きまーす！」

「いよっ！　いいよいいよセリアちゃん！」

「今日の曲は何だぁ⁉」

傭兵たちはヒューヒューと口笛を吹いて盛り上がり、子どもたちも両手を叩いてセリアの演奏を待つ。

高揚感と、胸を震わせる幸福感。そして、確かな使命感。

セリアは背もたれのない椅子に腰を下ろし、竪琴を構えた。愛用している聖弦とは全く形が違うごく普通の竪琴だが、これは弦の数が聖弦と同じ十八本で、音域も同じ。

セリアは昔聖奏していた時と同じ癖で、瞼を半分閉じた。セリアのその様子を見て、それまでやいのやいのと騒がしかった食堂は、水を打ったように静まりかえる。

ピン、ピン、とチューニングのために何度か弦をつま弾いた後、セリアの右手がゆったりとしたメロディを奏で始めた。セリアの両手は迷いなく滑らかに動き、やがてメロディは速度を増し、軽快なワルツの前奏が始まる。おおっ、と皆の間で声が上がった。

これはヴェステ地方に古くから伝わるワルツで、町の祭りや結婚式などでは必ずといっていいほど演奏される有名な曲だった。当然、グリンヒルの館の者でこの曲を知らない者はいない。

「さあ、みんなで一緒に歌いましょう！」

セリアは、左手を差し出してそう声を張り上げた。

セリアのかけ声を受け、傭兵たちがのびのびとした低音で歌い、子どもたちも立ち上がって可愛らしい声で主旋律を歌う。厨房から飛んできた料理係たちも慌てて歌に参加して、マザーの手を引いて遅れてやって来た女性たちも途中から旋律を歌い始める。

あっという間にセリアの竪琴の音は皆の歌声にかき消されてしまうが、全く気にならない。セリアの頬(ほお)は緩(ゆる)みっぱなしで、少々荒(あら)っぽくなりながらも力強く竪琴を奏でる。

傭兵は少々酒も入っているようで、音程はめちゃくちゃだ。子どもたちは途中から歌詞が分からなくなるようで、分からない箇所(かしょ)は適当に歌ったり鼻歌で誤魔化(ごまか)したりしている。女性陣(じん)は周りの者たちがめちゃくちゃに歌うのだから自分でもだんだんわけが分からなくなってきたようだが、それもどうでもよくなったらしく大笑いしている。

上品さや繊細(せんさい)さの欠片(かけら)もない、食堂の大合唱。その一員に加われることの幸せ。皆がセリアの演奏を待ってくれる嬉しさ。これらは、王都では決して味わえなかった感覚だ。

(聖奏師の子たちや、デニスにもこの声が届けばいいのに)

今頃ミュリエルと一緒に仕事をしているだろう元部下たちや、セリアを最後まで案じてくれたデニス。

彼らにもこの歌声を、そして「セリアは元気でやっているよ」という声を伝えたかった。

大盛況(だいせいきょう)の中でセリアの演奏会は幕を閉じ、セリアは同じ年頃の女性三人と一緒に子どもたちを寝(ね)かしつけた。

そうして子どもたちの就寝(しゅうしん)を報告した後、廊下(ろうか)で四人顔を見合わせる。

「……今日もやる？」

「やっちゃおう」

「場所は？　今日はフィリパの部屋にする？」

「昨日片付けをしたからばっちり」

「よし、それじゃ二十分後にフィリパの部屋に集合」

セリアたちは一旦解散して自室に戻り、着ていた服を脱いで寝間着に着替えた。演奏会の後でベッドに寝かせたままだった竪琴を簡単に手入れし、ケースに戻しておく。

フィリパの部屋に行くと、既に他の三人は集まってセリアを待っていた。

「よし、いらっしゃいセリア！」

「お邪魔するわ、フィリパ」

仲間のエイミーとマージと一緒にお邪魔したフィリパの部屋の床には裸足で上がれるカーペットが敷かれていて、クッションがいくつも転がっている。

セリアたちは時折こうして、誰かの部屋に集まってお喋りをしている。最初は同世代の女性たちとこういうことをするのにもどぎまぎしていたセリアだが、フィリパに「友だち同士なら、こんなもんよ」と言われて――その時初めて、自分にも「友だち」と呼べる存在ができていたのだ、と気づいた。

夜の女子会の主な話題は、やはり恋愛について。

フィリパたちは、今付き合っている彼氏がどうの、麓町の若者たちはどうの、と楽しそうに喋っている。セリアはレモン水を飲みながら、彼女らの話を聞く側に徹することが多かった――のだが。

「そういえば、セリアはそういう話はないの？」

「えっ」

「そうそう、麓町の男も、セリア狙(ねら)いが結構多いんだよ！」

エイミーがそう声を上げたので、セリアは目を丸くした。そんなの、初耳である。

「……私、が？」

きょとんとしたセリアに、フィリパたちが詰(つ)め寄ってきた。

「先に言っておくわ！　セリア、麓町の男の中なら肉屋のジョナサンが一番おすすめよ！」

「ジョナサンなら、すっごい真面目(まじめ)だしセリアのことが本当に好きらしいから！」

「……ジョナサンさんって、肉屋でよく店番をしている人よね？　私、買い物以外で話をしたことないし、私はまだそういうのに縁(えん)がないし――」

嘘(うそ)である。二年前には結婚を夢見た相手がいたが、それについてフィリパたちに教えるつもりはない。

グリンヒルの館には様々な過去や経歴を背負った者たちが集まっているので、基本的に過去の詮索(せんさく)は御法度(ごはっと)なのだ。だからフィリパたちも、「過去にどんな異性関係があったか」ではなくて、「今どんな異性に興味があるか」について興味津々(きょうみしんしん)なのである。

だがたどたどしいセリアの言い訳に、エイミーがくわっと目を見開いた。

「なんてこと！　セリアももう十九歳でしょう⁉　もったいないわ！」

「そ、そうだけど、もしいい人が見つかったらみんなにも教えるから……ね？」

「……セリアがそう言うなら」

ようやっと熱も引いてくれたようで、フィリパたちが離れていくのでセリアはほっと息をついた。

（……いい人、か）

そんな人、本当に現れるのだろうか。

ある日の昼過ぎ、セリアは館の子どもたちと一緒に麓の町に降りていた。

グリンヒルの館から、一番近い麓の町まで大人の足で十分程度。今日は二歳の子どもの歩調に合わせているので、普段の倍近くの時間を掛けて丘を下りた。

館で暮らす上で必要な日用品や食材は、専らこの町で購入している。そのため市の人とは顔なじみで、「今日のお使いはセリアか！」と声を掛けてくれるようになっていた。

お使いといっても、百人近くが暮らす館用の食材をセリアと二人の子どもたちで持って帰れるわけがない。よってセリアたちは、館で必要なものの注文をして代金を先払いし、後ほど店の若者に丘まで運んでもらうよう手配することにしていた。

「……あ、丘の上の館のセリアさんっ。こ、こんにちは！　今日もお買い物っすか！」

セリアたちが肉屋を訪れると、店番をしていた青年がうわずった声で応対した。

「こんにちは。いつも重い食材を丘の上まで運んでくれて、ありがとうございます」

「い、いいえ！　セリアさんに重いものを持たせるなんてできないっすから。それにこれも俺の仕事だから、全然平気っす。もっと頼ってほしいっす！」

「ありがとう」

青年が差し出した注文票に必要事項を記入しながら、はて、とセリアは思う。

（肉屋の店番……あれ？　なんだか最近、どこかで話題に上ったような……）

いつのことだっただろうか、と注文票を書きながら考えていたセリアだが。

「――セリア？」

風に乗って届いてきたのは、懐かしい声。

図書館でセリアを励まし、夕暮れ時の通用口でセリアの髪を撫でてくれた人の声。

セリアは振り返った。財布からこぼれ落ちた小銭が、カウンターに当たった音がする。

買い物客が右往左往する町の大通りに立って、セリアをじっと見ている人がいる。

髪は二年前よりも少しだけ長くなっているが、きりりとした藍色の目は変わっていない。

彼はセリアを見て、小走りで駆けてきた。最初は驚いたようだったその顔が徐々にほころび、人混みをかき分けて肉屋の前まで来て——

「……あ」

「……え？」

青年の小さな呟きに、セリアは首を傾げる。

彼はセリアの足元でうろうろする少年少女たちを見て、動きを止めた。セリアの足にしがみついている二歳の少女を見て、そして肉屋の青年を見て、しばらく黙っていた。

「…………」

「えっと、デニ——」

「そ、そっか！　二年経ったんだし、セリアも家庭を持ったんだね！」

「え？」

彼はにこやかに言っているが、視線は明後日の方向を彷徨っている。

ぽかんとするセリアをよそに彼は、あははと笑い、手を上げた。

「旦那との時間を邪魔してごめん。それじゃあ！」

「いや、ちょっと待って」

「いいんだよ。僕は君が旦那や子どもたちと一緒に元気そうにしている姿が見られただけで、十分だから。そういうことで僕は、これで――」

「待ってってば！」

話を聞かない相手に苛立ち、セリアは足元にいた少女を八歳の子に託し、大股で青年のもとまでつかつか歩み寄る。そうして既にセリアに背中を向けていた青年の上着を摑んで引っ張ると、うぐえ、と苦しそうな声が上がった。

「話を聞いて！　あの人は夫じゃないし、子どもも産んでいないから！」

「えっ」

「えっ、じゃないの！　勝手に早とちりをして立ち去ろうとしないで！　せっかく……久しぶりに会えたんだから、もっと話を……させてよ」

最後の方は尻すぼみになってしまった。

青年は襟首を摑まれたまま振り返り、セリアを見下ろしてふんわりと笑った。

「……そっか。僕、勘違いしていたんだね。ごめん、セリア。……久しぶり」

その優しい声もふわっとした笑顔も、二年前と何も変わっていなくて、セリアは笑みをこぼした。

「ええ。……久しぶり、デニス」

第3章　緑の丘での再会

二年ぶりに会ったデニスは、雰囲気こそ昔と変わっていないが身長が伸びており、彼に肩車をしてもらった少年は大はしゃぎだった。せっかくだからデニスを館に案内してゆっくり話をしたいと申し出ると、快く了承してくれた。

その道中で近況報告をしあったのだが、どうやらデニスは実家の都合で騎士を辞めていて、これから地方に帰るらしい。そのついでなので、セリアに会えたらと思ってグリンヒルに寄ったとのことだった。

「なるほど……あなたは、セリアの昔なじみなのですね」

セリアは早速デニスをマザーのもとに通し、彼との間柄を簡単に説明した。

過去のことはあまり口にしたくないと事前に彼とも打ち合わせをしていたので、マザーに問われたデニスは笑顔で頷いた。

「はい。子どもの頃からの仲の彼女の顔を、ちょっとでも見られたらと思いまして」

「そうですか。わたくしにはデニスさんの顔は見えませんが、あなたがセリアのことを気遣う想いが伝わってきますよ。……ちなみにデニスさんは、急いで故郷に戻る予定でしょうか？」

「……そうでもないのよね？」

セリアの問いにデニスは頷いた。

「ええ。ここはいいところですし、ちょっと滞在しようかと考えています」

「なるほど。……デニスさん。もしよろしければ、この館に滞在されませんか？」

「えっ、マザー？」

マザーの方から提案するとは珍しい。たいていの場合は相手の方が館への滞在を申し出て、マザーが許可するのである。

そう思ってセリアが声を上げると、マザーは口元に皺を寄せて微笑んだ。

「今は傭兵の皆さんの仕事も繁盛する時期ですからね、男手はいつも不足しています。お金を支払っていただけるのであれば宿として部屋をお貸ししますし、皆の仕事を手伝ってくださるのであれば食費も滞在費も結構です」

「なるほど。宿代の代わりに労働力を提供する、ということですね」

「はい。こちらにとってもあなたにとってもよい話でしょう。もちろん、どうするかはデニスさんがお決めください」

「願ってもない話です。僕もセリアの様子を見たいと思っていたので、一ヶ月間お世話になりたいです。もちろん、手伝えることは何だってしますよ」

「ええと、デニス、いいの？」

マザーとデニスの間でとんとん拍子に話が進むのでおずおずと問うと、デニスはセリアを見て頷いた。

「もちろん。お金だって無尽蔵というわけじゃないからね。それに一ヶ月間何もせずに宿暮らしをしたら体がなまってしまう。宿代の代わりに労働力を提供できるなら、僕にとっても都合がいいんだ。それに」

そこでデニスは一旦言葉を切り、ふわりと笑った。

「さっきも言ったけど、ここにはセリアがいるからね。二年前とはちょっと勝手が違うけれど、君の側で働きたいと思うんだ」

「うん。……う、うん？」

「やっと君と再会できたんだ。積もる話もあるし、君が今までどんな生活をしてきたのかも知りたい。だから一ヶ月間、君と同じ場所で生活したいんだよ」

「……」

デニスの言葉に目を白黒させていたセリアだが、やがて納得がいった。

（……ああ、そうだ。デニスはグリンヒルで唯一、私の過去を共有できる人なんだ）

グリンヒルの館の住人には、過去の話はできない。その点、昔からの付き合いがあるデニスなら今の聖奏師たちの状況を聞いたりセリアの生活の話をしたりすることができる。

「……うん。私も、デニスといっぱいお喋りしたいわ」

「そっか……嬉しいよ」

「一ヶ月間、よろしくね。デニス」

「……うん、よろしく」

そう言って手を握りあう二人を、マザーは穏やかな笑顔で見守っていた。


デニスが館で過ごすということで、彼用の部屋が割り当てられることになり、セリアが彼の案内役に任命された。

「狭いところだけれど、シーツも部屋もきれいよ」

「そのようだね。とても暮らしやすそうな部屋だ」

デニスはそう言い、荷物を置いて部屋を見回した。元々平民生まれの彼は部屋の広さには頓着しないようで、さっさとコートを脱いでハンガーに掛け始めている。

「もうじき夕食だから、その時に皆に紹介することになるけれど、いいかしら」

「もちろん。短い間といえどこれから世話になるのだから、自己紹介くらいはしないとね」

そこまで言い、一旦二人の間に沈黙が流れた。

デニスは窓を開けて換気をしてから、セリアを振り返り見た。

「……ベアトリクスさんだっけ。あの方とも話してみて分かったよ。セリアは、ここで過ごす日々を満喫しているんだね」

「……そう、ね」

「もしかすると、僕が来たことで昔のことを思い出して辛くなったりとかするなら、申し訳なく――」

「そんなことないわ！」

セリアは声を張り上げ、目を丸くするデニスに歩み寄って彼の目を真っ直ぐ見上げる。

「確かに、ここに来たばかりの頃は悩むこともあったわ。館での仕事もうまくいかなくて、皆に迷惑を掛けてばかり。夜になったら昔のことを思い出したりもして……やっぱり、辛かった」

「……そうか」

「でも、今はこの館で私を必要としてくれている人たちがいる。聖奏師じゃなくても、公爵家の人間でなくても。ただの楽師セリアを必要としてくれているの。だから、大丈夫。それに、デニスと再会できたのは私にとって降って湧いた幸運よ。辛いわけないわ」

「……そう、か。それなら安心したよ」

デニスはそれまでほんの少し強ばっていた頬を緩め、セリアの肩を優しく叩いた。

「君はちゃんと前を向いて、今を楽しんでいるんだね」

「うん。だから……もしよかったら、今王都がどうなっているか教えてくれないかしら」

「えっ」

セリアのお願いに、デニスはあからさまに嫌そうな顔になった。彼は基本的に笑顔なので、こんな表情を見せることもあるのかとセリアは新鮮な気持ちでデニスを見上げる。

「……今のあなたの反応を見るだけで、だいたいのことが予想できてしまったわ」

「あー……うん、多分君が予想しているのと、ほとんど違わないと思うよ」

デニスは苦笑し、ベッドに腰を下ろして頭を掻いた。

「本当に聞きたいのかい？　これから先もグリンヒルで暮らしていく君には、ほぼ無縁の話だと思うんだけど」

「確かにここはファリントン国外で、あっちの情報もなかなか入ってこないわ。でも、情報が届くのに時間が掛かるだけであって情報網が遮断されているわけじゃないわ」

ヴェステ地方グリンヒルからファリントン王国王都ルシアンナまで、馬を駆って二十日ほど。王都内であれば郵便機関も発達しているが、グリンヒルのような田舎だと手紙を届けるのも一苦労だ。

そんな田舎町グリンヒルにも、方々から様々な情報が舞い込んでくる。しかしそういった情報は人伝で届くため、情報が正確だとは限らない。

「噂に踊らされるくらいなら、今当事者の口から聞いておきたいの」

そう説明すると、デニスはしばらく迷っていたようだがやがて頷いて、ベッドの隣に座るよう言った。

「最初に、何を聞きたい？」

「もちろん、聖奏師の元部下たちのことよ」

セリアははっきりと答えた。国王であるエルヴィスの噂は、たまに耳にすることがある。だからまずは、城に残してきた元部下たちが元気にやっているのかを知りたかった。

デニスは「ああ」と声を上げた。

「君がかつて率いていた聖奏師たちだね。辞職前に僕が見た限りは、皆元気そうだったよ。ただ……ミュリエル・バーンビーのことになるけれど、言ってもいいかい？」

かなり久しぶりに、その名前を聞いた気がする。

「ええ、お願い。……ミュリエルは、二年前から何か変わったの？」

微かな期待を込めて問うたが、デニスは疲れたように首を横に振った。

「何も。筆頭になってからはそれこそ来る者拒まず状態で、君がよく居残りで仕事をしていたっていう仕事部屋の前は、毎日長蛇の列だったよ。大怪我ならともかく、ちょっと肩が凝るとか切り傷ができたとか彼女にフられて辛いとか、そんなのがうじゃうじゃ」

「……うわぁ」

「それだけの人数をミュリエルだけで捌くのは不可能だから、当然他の聖奏師たちも訪問者の対応をさせられている。だから最近、城下町への往診がなくなったし定期的に行っていたはずの太后様への訪問もめっきり減ってしまったんだ。……太后様がひっそりと息を引き取られたのは、昨年の冬だったかな」

「そんな！　太后様がお亡くなりに――」

「最後には、陛下もお見舞いに行かなくなったみたいなんだ。太后様は君のことを信頼していたみたいで、どうして君を追放したのかと陛下と親子で喧嘩したらしくて、そこからあっという間だったよ」

「……なんてことなの」

セリアは重苦しい息を吐き出した。

ある程度覚悟はしていたが、本当に何一つミュリエルは変わっていないようだ。それどころか、エルヴィスまでミュリエルに同意しているという。

悶々と悩むセリアの隣で、デニスは話を続ける。

「そういうわけで、今の王城は筆頭聖奏師ミュリエルの天下だ。騎士団にもミュリエル親衛隊みたいなのができていてね、僕も勧誘されたんだ」

「しんえ――何それ!?」

「もちろん断ったよ。そうしたらみるみるうちに階級を落とされてしまった。やっぱり連中の勧誘を断ったのがまずかったかとは思うけれど、どうせ辞めるんだからと割り切ったよ」

「そ、そんな……」

階級が落ちるなんて、とんでもないことだ。しかもその原因が、「ミュリエル親衛隊の勧誘を断ったから」なんてものなら、セリアとしてもいたたまれない気持ちでいっぱいだ。

（やっぱり、二年前の勝負で私が負けたから――）

だがデニスはセリアの表情の変化に聡く気づいたようで、ふっと顔つきを険しくしてセリアの顔を見つめてくる。

「先に言っておく。こうなったのは、セリアのせいじゃない」

「……でも」

「二年前から言っているだろう？　僕はあの勝負が公正でないと信じている。君に勝たれたら困る――もしくはミュリエルを勝たせたかった者が、不正に手を染めたに違いない。だから、君があの日敗北したのは君にとっては予想だにしなかった『事故』だ」

「事故……」

「平坦な道を歩いていたって、モグラの穴に落ちることがある。ただ山道を歩いていただけなのに、落石事故に遭うことだってある。それと同じで、君は事故に遭っただけだ。だから僕は階級を落とされようと騎士団で嫌がらせされようと、君のせいだと思ったことは一度もない」

そう言うデニスの眼差しは真っ直ぐで、優しくて。

セリアの胸に芽吹いていた不安の種を、軽々と吹っ飛ばしてくれた。

「辞職願があっさり受理されたのも、僕の階級が低くなったからだろうね。おまえがいなくてもなんとかなる、ってところかな。でも、僕はそれでいいと思っている。僕はミュリエル・バーンビーを一生好きにはなれない。周りに媚びへつらい地位を上げるために親衛隊に入るくらいなら、お役御免される方がいいさ」

そう断言するデニスの顔に、二年前の自分の姿が重なった。

敗北を喫したセリアに、ミュリエルは「自分の部下になるなら受け入れてあげてもいい」と言い放った。その時のセリアも今のデニスと同じように、ミュリエルに従うくらいなら、今の自分が誇っているものを捨てる方がましだ、と思った。

それくらい、ミュリエルに頭を垂れるのが嫌だった。

敗者として惨めな姿を見せるのが嫌だとか、勝者であるミュリエルに反抗したいとか、そういう気持ちもあった。だが、それ以上に……純粋に、「この人と一緒にやっていくのは無理だ」と分かったからなのだろうと、今では思う。

（デニス……あなたも、同じ気持ちなのね）

デニスはしばらく黙っていたが、やがて切り出した。

「……楽しくもない話は一旦ここまでにして、そろそろ君の話を聞いてもいいかな？」

「私の話……？」

「そう。さっき、今の君は楽師扱いされているって言っていたじゃないか。ということは、聖奏はしなくても楽器の演奏はしているんだろう？」

「……！　ええ、そうなの！　さすがに今は聖弦を出すことはできないから、普通の竪琴になるけれど――あっ、部屋に置いてあるから、持ってきてもいい？」

「もちろん。できたら一曲聞かせてほしいな」

「ええ！　ちょっと待っていてね！」

先ほどまでの憂鬱そうな雰囲気から一転、セリアは興奮で頬を上気させてデニスの部屋を飛び出していった。

デニスはそんなセリアの背中を笑顔で見送った後、ふと真面目な顔になって、自分の心臓付近にそっと手を当てた。

「……君が幸せなら、僕はそれで――」

翌日から、デニスはグリンヒルの館の一員として生活することになった。

「デニス・カータレット。先日二十歳になった。力仕事でも何でも任せてほしい」

傭兵たちの前で自己紹介するデニスを、セリアは物陰からはらはらと見守っていた。

「……端から見ると不審者よ、セリア」

「だ、だって」

玄関前の掃き掃除を終えたところらしいエイミーに突っ込まれたが、セリアは両手のひらをわきわきさせながらデニスの背中を見守り続ける。

「ほら、デニスはあんなに細いのよ。皆とうまくやっていけるか、心配で……」

「だーいじょうぶよ。男子って、私たちが思っている以上にしゃんとしているものよ」

「そうなのかしら……」

「そうそう。ほら、手が空いてるなら洗濯物運び手伝って。今日はシーツ取り替えの日なんだから」

「ええええ……」

エイミーに引きずられて洗濯場へ連行されながらも、セリアはちらちらと背後を窺う。

（本当に大丈夫かしら……）

そうしていると、傭兵たちと話をしていたデニスがふと振り返った。

彼はおろおろと視線を彷徨わせるセリアを見ると微笑み、軽く右手を振ってきた。「安心して」といったところだろうか。

（……うん、そうね。きっと大丈夫なのね。頑張って、デニス！）

心の中だけで声援を送り、セリアはエイミーによって洗濯場に連行されていった。

シーツ洗濯作業は、大仕事だ。

「あー、こら！　あんまり泡を撥ねないの！」

はしゃいで泡を撒き散らしてしまった子どもたちに、エイミーの叱責の声が飛ぶ。

「後でタイル床の水洗いをするの、大変なんだからね！」

「そう言うエイミー姉ちゃんもびしゃびしゃにしてるー」

「まきちらしてるー」

「わ、私は後で、自分で掃除するからいいの！」

「じゃああたしも掃除するから泡飛ばすー！」

「ひっ⁉」

えい、と女の子が手で掬って撒いた石けん水が、標的であるエイミーを大きく外してセリアの顔に掛かった。

「こらーっ！　だから言ったでしょー！　大丈夫、セリア⁉」

「ふふ、大丈夫よ」

慌ててエイミーが桶から降りて駆け寄ってきたので、セリアは拳で顔を拭って微笑んだ。

「泥じゃないのだから、きれいなものよ。後で洗えば大丈夫」

「それならいいんだけど――」

「……あ、セリア！」

背後から声が掛かる。よりによってこのタイミングとは、ついていない。

セリアがおそるおそる振り返ると、角材を抱えたデニスが庭を横切るところだった。

彼は額を伝う汗を手の甲で拭い、セリアに微笑みかけてきた。

「洗濯お疲れ。……顔、泡が付いているよ？」

「えっ……やだ、どうしてこんな時に来るのよ……」

「ご、ごめん。姿が見えたから声を掛けたくなって……」

ごしごしと腕で顔を拭いていたセリアは、顔を上げた。

角材を抱え直したデニスは照れたように笑い、屋敷に隣接する倉庫の方を手で示した。

「僕はこれから、倉庫の修理に行くよ。大工仕事をするのも初めてだけど、なんだかわくわくするんだ」

「そ、そうなの。怪我しないように気を付けてね、デニス」

「セリアこそ。……鼻の頭に泡が付いている姿も、可愛いよ」

「……！　も、もう、からかわないで！」

声が裏返ってしまった。わけも分からず、顔が熱い。

（何なの、もう！）

セリアは腹立ち紛れに手元の桶の水を掬って、デニスに向かって思いっきり掛けてやった。だが飛距離がそれほどまでもないし、デニスは身軽にかわしてしまったので彼の服を濡らすには至らない。デニスはからりと笑って、片手を上げて倉庫の方へと向かってしまった。

——可愛いよ。

デニスの声がなぜか、頭の中で何度も繰り返されて。

「っ……もう、もうっ！」

セリアは真っ赤になった頰を隠すように俯き、派手な水しぶきを立てながらシーツのもみ洗いを再開する。

「セリア姉ちゃん、モウモウ言ってて牛みたーい」

「ばかっ、そこは『セリア姉ちゃんとデニス兄ちゃんって、ふうふみたーい！』って言うものなのよ！」

「……よそ見しないでお仕事をしなさい！」

子どもたちを叱りながらも、エイミーは柔らかい眼差しをセリアに注いでいた。

デニスはセリアがはらはらする中、グリンヒルの館での生活を始めた。

そして慌ただしく一日目が終了した夜、子どもたちを寝かしつけた後でセリアは彼を館

の屋上に呼んだ。そこにデニスが持ってきたシートを広げ、二人並んで座る。

「……グリンヒルでのお仕事一日目はどうだった？」

「楽しかったよ。傭兵の皆は見た目こそごついけど気さくでいい人たちばかりだったし、子どもたちも早速『デニス兄ちゃん』って呼んでくれて、可愛かった」

「ああ、そういえば肩車をせがまれていたわね」

セリアはその時の光景を思い出し、くすっと笑う。

昨日麓町で再会した時、デニスは買い物に連れてきていた少年を肩車してあげたのだが、どうやら館に戻った彼が皆にそのことを自慢したらしく、デニスは他の子どもたちからも自分も乗せてくれと詰め寄られていたのだ。

「そうそう。傭兵の皆は僕よりも体つきがしっかりしているから、そっちでもいいじゃないかって言ったら、『ごつくてかたいから、いやだ。デニス兄ちゃんがいい』って言われてさ」

「あはは……確かにデニスなら、それほどごつくも硬くもなさそうよね」

「うーん……僕、もっとたくましくなりたいんだけどなぁ。これでも毎日鍛えているんだよ。でもなかなか理想の体型になれなくって」

「いいじゃない。デニスまでごつくなったら子どもたちががっかりしちゃうわ」

「それもそうだね。だったら、この体型でよかったのかも」

そう言い、二人は顔を見合わせてくすくす笑いだした。

「……なんだか、不思議な感じ」

「何が？」

「二年前は、こうして君と地べたに座ってお喋りをするなんて考えられなかった」

「……そうね。昔ならあり得ない話だったわね」

平民出身の騎士であるデニスならともかく、筆頭聖奏師で公爵家の一員でもあったセリアが地べたに座り込むなんてことは滅多になかった。あったとしても、尻の下にはふかふかのマットや低めの椅子が置かれていた。

セリアは両腕を後ろ手に突き、胸を反らせて空を見上げた。

「……あの頃の私は、身分も地位も、何もかもを手にしていた。ミュリエルとの勝負だって、負ける気は一切なかった。……きっと私は、自分の力を過信していたのね」

「……セリア」

「実力だけじゃない。これから先、私は何かを手に入れることはあっても失うものはなく生きていけるのだと信じていたわ。たとえ聖奏師としての力が弱まって筆頭の座を退くことになっても、生きる術はいくらでもある。だから、年を取ってもうまくやっていけると思っていたの」

本当は、引退後はエルヴィスの妃になるつもりだった。筆頭の座を後輩に譲ったらエルヴィスと結婚し、ファリントン王国に生きる女性の最高位を手にするつもりだった。

だがその夢は、周知の事実となる前に儚く砕け散ってしまった。二人の関係は極秘だったので、エルヴィスも何の気兼ねもなくセリアを棄てることができたのだろう。

(私は……思い上がっていた、ただの高飛車な女だったのね)

たくさんのものを失い冷静になった今では、二年前の自分がいかに高慢だったかがよく分かる。「つけあがるな！」と、過去の自分を叱責したいくらいだ。

身分も地位も未来も、失って当然だった。——最近では、そう考えるようになっていた。

「でもね、全部失ってからやっと分かったの。私が見ていたのは、王都ルシアンナという限られた一部のみ。城下町の外では、国民たちが重税に悩まされ、いつ侵略してくるか分からない他国の脅威に怯え、飢饉を恐れていた。王都がきらきら輝いていたのは、私たちが何不自由なく生活できていたのは……彼らから色々なものを搾取していたからなのだと、十七歳にしてやっと気づけたの」

ファリントン王国北部は、鉱山資源に恵まれている。西部は避暑地に最適な湖畔地方で、海に面した南部では海の幸が豊富である。

——それらは、貴族向けの教科書に書かれているきれい事に過ぎなかった。

各地方の平民は重税を課され、名産品や作物などを搾り取られている。天候や気候の変動によって作物の収穫量や人々の体調も変化するが、そんなの貴族の知ったことではない。

定められた税を払えなければ、罰せられる。罰せられたくないから、自分たちの身を削ってでも仕事をする。どれほど仕事をしても、彼らが一年間に稼げる金は筆頭聖奏師だったセリアの数日分の給金程度のものだった。

「だから、ミュリエルに敗北して得られたものもあると思うの。教科書に書かれているきれいなものばかりじゃない、本当の世界を見ることができた。それに——」

「それに？」

「筆頭じゃなくても、聖奏師じゃなくても、公爵家の人間じゃなくても、私を見てくれる人がいるって気づけたの。ただの『セリア』を受け入れてくれる——それだけで、私は幸せなの」

不幸だ、不幸だ、と嘆いていても仕方ない。グリンヒルの館の皆が、セリアに存在する意味を与えてくれた。二度目の人生を歩む方法を教えてくれた。

デニスはセリアの横顔を見て、ふっと小さく笑った。

「……君はきっと、このグリンヒルで生きるために生まれてきたんだね」

「……そ、そこまで壮大な話じゃないと思うけれどね。……あ、でも王都での生活が嫌なことばかりだったってわけじゃないわ。聖奏師の皆のことは今でも懐かしいし、デニスみたいに私の身分や立場に関係なく話をしてくれる人もいたもの」

「そうか。僕の存在も、無駄じゃなかったんだね」

「無駄なわけないわ！」

それまでずっと空を仰ぎながら喋っていたセリアは、弾かれたように横を見る。

「デニスは子どもの頃から、私と対等に接してくれたわ。それまで私は皆から傅かれ、敬意を払われるのが当然だった。でも、あなたは私をただの女の子として扱ってくれたもの」

「……そういえば初めて君と図書館で会った時、『平民が話しかけないでくださいまし』って言われたんだっけ」

「……そ、その、傲慢な子どもで、本当に申し訳なかったわ」

「いいよ、公爵家のお姫様としては当然の対応だったんだから。でも、なんだかんだ言って図書館で会ううちに、君は僕と普通に接してくれるようになったじゃないか」

デニスに指摘されて、セリアはおぼろげになりつつある昔の記憶を引っ張り出した。

彼の言う通り、初めて図書館で出会った時のセリアは気さくに話しかけてきたデニスに対し、ひどい言葉を浴びせたものだ。

だがそれ以降も図書館で勉強をしていると、たびたびデニスが現れるようになった。最初は彼を突っぱねていたセリアも、いつしか裏のない彼の明るさに絆され、相手をするようになった。その図書館は学校に通う子どもたちが平等に利用できるように存在していたので、誰かに咎められることもなかったのだ。

彼とお喋りする時は礼法の授業で教わっていた貴族の話し方ではなく、だいぶ砕けた口調になった。セリアが十二歳になって学校を卒業する前くらいには、一緒に本を読んだり勉強したりするようになった。

そしてセリアが筆頭の座を退いた聖奏師に弟子入りすることになった時には、「大人になったらまた会おう」と再会を約束した。

（きっと、デニスは「私」を形作るために必要な人だったのね）

彼と出会わなければ、セリアはもっともっと高慢でもっと高飛車な女になっていただろう。公爵家の親戚たちは、平民と話をしないばかりか、その姿が視界に入るのも嫌っていた。あのままだときっと、セリアもそのような女に成長していただろう。

「あなたと知り合ったから、ミュリエルに負けて国を出たから、分かったこともたくさんあるわ。それにもしデニスと出会ってなかったら、私はミュリエルに負けた時に途方に暮れて生きることすら諦め、早々に行き倒れていたかもしれないわ」

「そうなんだね。……実は、僕も同じ。君と出会って僕の中で色々なものが変わったんだ」

「あら、デニスもなの？」

小首を傾げて問うと、デニスは照れたように笑いながら後頭部を掻いた。

「具体的に何が変わったのかまでは言えないけどね」

「ああ、出たわ。デニスの秘密主義！」

「ごめんね。でも、少しくらい秘密がある男の方が魅力的で格好いいと思わないかい？」

そう言ってぱちっと粋にウインクをするので、セリアはぷっと噴き出してしまう。

「ふふ、それもそうね。それじゃあ魅力的で格好いいデニス、これからもよろしく」

「……。……うん、よろしく」

笑いあう二人の頭上で、ひとつの星が尾を引きながら天穹を流れていった。

「こんちはーっす！　食材届けに来ましたー！」

「いつもありがとうございます」

玄関先で元気いっぱいに挨拶した青年を、セリアは笑顔で出迎えた。

ポーチに立って額の汗を拭う彼の背後には、ずっしりと重そうな木箱がいくつも載った手押し車が停められていた。木箱には、「豚」「牛」「ブロック」などの走り書きがある。

「いつも丘の上まで届けてくださるので、本当に助かります」

「いえいえ、丘の上の館の皆はお得意様っすからね。これくらいお任せください」

そう言って青年は袖をまくり、筋肉で盛り上がった二の腕を叩いて自慢そうに披露した。

「それより、今日も中まで運べばいいっすか？　日中は傭兵の皆がいないから、大変っすよね」

彼の言う通り、昼間は大半の傭兵たちが仕事に出ているので、館には男手が少ない。そのためいつも、青年にお願いして貯蔵庫まで食材を持って上がってもらっているのだ。

しかしセリアは首を横に振り、青年の脇を通ってポーチに出た。

「今は大丈夫です。……デニス！　肉屋さんが来たから、運ぶのを手伝ってちょうだい！」

「もうそんな時間？　了解、すぐ行くよ！」

裏の物置小屋の方に向かってそう呼びかけると、すぐに返事があった。間もなく、シャツの袖とズボンの裾をまくったデニスがやってくる。

肉屋の青年もなかなかの筋肉を持っているが、デニスだって負けていない。他の屈強な傭兵たちに挟まれるから細身に見えるだけで、騎士として鍛えた彼の肉体も見事なものだ。

デニスは肩から提げたタオルで顔の汗を拭い、ぽかんとして自分を見つめてくる肉屋の青年を見て、「やあ」と人なつっこく挨拶した。

「君は確か、麓町の肉屋君だね。ここまで運んでくれてありがとう。助かるよ」

「……。……いや、その、どうも」

先ほどのセリアとほぼ同じ台詞を言ったのに、デニスに対する青年はどこか気まずそうで口数も少ない。

だがそんな反応を気にした様子もなく、デニスは手押し車に載った木箱を見ると、ひょいと持ち上げた。セリアの細腕なら小さめの木箱ひとつがやっとだろうが、デニスは大きい木箱の上に小さい木箱を載せ、鼻歌を歌いながら軽々と持っていってしまった。

(やっぱり男の人なのね。私があれをやったら、明日は動けなくなるわ)

感心しながらデニスの背中を見ていたセリアに、おずおずと青年が声を掛けた。

「……あのー、セリアさんとあの人って、どういう関係なんっすか?」

「どういうって……そうですね、昔なじみといったところでしょうか。子どもの頃からの知り合いなのですよ」

「知り合い……家が近所だったとか、そういうのっすか?」

青年は不思議そうに問うてくる。彼はセリアが公爵家の人間だったことを知らないから、彼の頭の中では、「子どもの頃からの知り合い」とは「近所の遊び仲間」のようなものなのだろう。

セリアはくすっと笑い、「そんなところです」と答えておいた。

「彼は昔から明るい子でした。彼のおかげで私もだいぶ変わることができたのですよ」

「……そ、そうっすか。なんというか、お互いを大切に想いあってるんだろうなぁ、ってのが見てるだけで伝わってくるんっすよ」

(大切に想いあう……か)

そうしてふっと脳裏を過ぎるのは、かつてセリアを腕に抱いてくれた人。

エルヴィスからは確かに愛されていたと思う。まだ公にできない関係だった上、当時のだった。

セリアは筆頭という立場だった。周りが落ち着くまではと、彼とのふれあいは口づけまでだった。

それでも、いつか彼の妃になり、彼に身も心も愛され、世継ぎを産むのだと信じていた。

(私は確かに、エルヴィス様のことを想っていた。……でもそれはもう、過去のこと。この人から見ると、今の私はデニスと想いあっている——みたいなのね?)

思案のために数秒間黙り込んだセリアだが、間もなく答えは叩き出せた。

今、セリアがデニスに対して抱いているのは間違いなく「愛情」だ。だがそれはきっと、過去にエルヴィスに対して抱いていたものとは種類が異なる。

おそらく、家族愛。子どもの頃からの知り合い、グリンヒルの館で共に生活をする仲間、家族を愛する心と同じ。

幼い頃に両親を喪ったセリアは公爵家の親戚に育てられたが、両者の間に家族愛が芽生えていたわけではない。セリアにとっての家族愛は、グリンヒルに来てようやっと芽生えたのだ。

そう結論づけたセリアは、青年に微笑みかけた。

「それは、私がデニスを家族……お兄様のように思っているからかもしれませんね」

「そ、そうなんすね!　それじゃあ俺にもまだチャンスは——」

「セリア、次はどれを運べばいい?」

青年の声に被せるように、廊下の角から顔を覗かせたデニスが問うてきた。あれだけ重量のありそうな箱を持っていった帰りだというのに、ずいぶん早い。彼は腕力だけでなく脚力もたいしたものなのだろう。

「ありがとう、それじゃあ申し訳ないけれど、重いものから優先的にお願いね」

「分かった。後のものは僕が運んでおくから、セリアは涼しいところで休んでいなよ」

「えっ、私も小さいものくらいは持つわ」

「だめだよ。セリアは女の子なんだから、無理して重い木箱を持って怪我をしたらいけない」

デニスが言うので、セリアはむっとして、少し重めの木箱を持ち上げた。

……腕がぴきっと痛んだが、あえて強気な笑みを浮かべてやった。

「ほら、私だってちゃんと持てるわ！　女だから重労働をしなくていいなんて、この館では通用しないの！」

「うーん……そういうのじゃないんだけどな」

セリアの脇を通って手押し車の木箱をひょいひょいと抱えたデニスは最後に、セリアが無理をして抱えていた木箱も片手で取り上げてしまう。

両腕をぶらんとさせて立ちつくすセリアを見て、デニスは首を傾げて微笑んだ。

「あえて言うなら、セリアに重いものを持たせたくないから、かな？」

「え？」

「女の子は女の子でも、君は特別。……それじゃ、最後に残っている平べったい箱だけ運んでよ。それなら腕を痛めることもないよ」

「……」

特別、とセリアは唇の動きだけで反芻する。

頬が熱い。胸がどきどきと高鳴っている。

（これも家族愛の延長……だと思ってもいい、のかしら……？）

真っ赤な顔で箱を持ち上げるセリアを、肉屋の青年は唖然として見つめていた。

やがて手押し車の中は空っぽになり、青年はセリアとデニスに慌ただしく挨拶をして逃げるように館を後にした。

「……なんなんだよ、あれ。俺の入る隙なんて、ないじゃないかっ」

丘を下りながら、彼はぐすっと鼻をすするのだった。

夜になるといつも通り子どもたちを寝かしつけ、大人たちは同性同士でお喋りするなり、食堂でツマミを食べつつ明日の予定を確認するなり、ゆっくりと湯船に浸かるなり、めいめい自分の時間を過ごす。

そんな中、セリアは女友だち三人に見送られて屋敷の外に出た。

(見送り……というより、明らかに冷やかしっぽいけど)

デニスに誘われたので一緒に夜の散歩に行く、と言うと、フィリパ、エイミー、マージの三人はきらんと目を輝かせて、やれ逢瀬だのやれ外泊はだめだのと言ってきた。

最後には、「なるべく濃い内容の事後報告を期待しているわ」と言って送り出されたセリアの心中は、複雑だ。

(ただ、散歩をして、ちょっと用事を済ませるくらいなのに……)

一応恋愛経験のあるセリアには、フィリパたちが言う「濃い内容」の察しは付いている。

だが、自分とデニスは友人であり、彼女らが期待するような何かが起きることはない。

セリアは、先ほどからずっと胸に抱えていた布袋をぎゅっと抱きしめた。

この中には、丈夫な革のケースが入っている。きっとこれを大半の者が見たなら、いつもセリアが食堂で演奏している竪琴だと思うだろう。

だが、これは普通の竪琴ではない。二年前、デニスがすり替えてくれたためかろうじて焼却処分を免れた、セリアの聖弦である。

セリアはデニスの忠告に従いグリンヒルに来てから一度も聖弦を弾かず、普通の竪琴で曲の練習をしていた。聖奏とはいえ聖弦で演奏しなければ効果を発揮しないので、安心して練習ができる。

聖弦の方もまめに手入れはしていたが、弾いている姿を誰かに見られる恐れがあった。音色はもちろんだが、聖奏師の手によってのみ張られる十八本の弦は、銀の粉をまぶしたかのように輝いているのだ。そんな場面を見れば、セリアが聖奏師であることはすぐにばれてしまう。

そんなセリアにデニスが、「皆の活動が静まった夜に、人気のない丘で聖弦を弾いてみてはどうか」と提案してくれた。側にデニスがいてくれるから、誰かが来てもすぐに彼が気づいて注意を促してくれる。

（二年ぶりに、聖弦を弾ける）

足取りも軽く裏門に向かうと、デニスはもうそこで待ってくれていた。

昼間の仕事中は動きやすい薄手のシャツに綿のスラックスという出で立ちだった彼だが、今は外出用の上着を着ており腰には剣も提げている。彼がいつも王城で帯剣していたものよりも刀身が短いようなので、騎士剣ではなくて護身用の片手剣だろう。

「来てくれてありがとう、セリア」

「こちらこそ、一緒にお出かけできて嬉しいわ」

二人は裏門の鍵を開け、夜の草原に足を踏み入れた。

「出る時に、傭兵の皆に捕まってさぁ。夜中にセリアと何をするつもりなんだ、って詰め寄られたんだよ。殺されるかと思った」

「まあ、デニスも？　私もさっき、フィリパたちに捕まったところなのよ」

「はは、君もだったんだね。僕は数日前に来たばかりの新参者だからさ、『セリアちゃんに手を出したらぶっ飛ばす』って脅されたんだ」

傭兵の真似をしているのか、その部分だけドスの利いた変に低い声で演出してくるものだから、セリアは噴き出してしまった。

「ふふっ、今の全然似てない」

「仕方ないだろう。……まあ、皆には聖弦の練習だなんて言えないからね、紳士的にセリアと夜の散歩をしてからちゃんと部屋まで送り届けるって宣言したから、安心してね」

「デニスのことは信じているから、大丈夫よ」

「それはそれは、僕も信頼されるに値する人間なんだな」

「そうだって、前から言っているじゃない」

ぽんぽんと言葉を交わしながら、二人は丘陵地帯をゆっくり歩いていく。

最初のうちは後方にちらちらと見えていた館の明かりも、丘を下るにつれてだんだん小さくなり、やがてそれも丘に隠れて見えなくなった。

「……よし、風向き良好、場所もよし」

ある程度のところまで歩くと、デニスが立ち止まって辺りを確認した。セリアにはよく分からないが、聖弦を弾いても周囲に音が響きにくく姿も見えにくい位置というものがあるらしい。

「それじゃあ、この辺で座ろうか。……セリア、疲れていない？」

「これくらい大丈夫よ。しょっちゅう麓の町まで往復しているのだから」

「そっか。君も本当にたくましくなったね」

そう言いながらデニスは着ていた上着を脱ぎ、草地に敷いてくれた。礼を言ってからその上に腰を下ろしたセリアは持ってきた布袋を開け、聖弦を取り出した。

月の明かりしか光源のない草原で聖弦のボディを見ると、なるほど確かにただの木枠に思われても仕方ないと感じられた。燃やされた時のセリアは茫然自失状態だったし燃やした者たちも素人なので、ただの木枠と聖弦の区別がつかないのも仕方ないだろう。

聖弦のボディを膝に載せ、本来なら弦の張られている空を手でなぞる。

……なぞりながら、セリアは自分が緊張していることに気づいた。

（最後に弦を張って、二年。ちゃんと張れるかしら）

館では、ボディの手入れしかしてこなかった。

今のセリアは十九歳。聖奏師の力が弱まるまでまだ少し時間はあるものの、二年間のブランクによって弦を張ることもできなくなったかもしれない。

だが、その心配は杞憂に終わった。心の中で大地の精霊に呼びかけながら空を撫でていると、間もなく光り輝く十八本の弦がしっかりと張られたのだ。

「……こんなに近くで見るのは初めてだけど……なんだか、とても神秘的だね」

セリアの隣に座っていたデニスが、うっとりとしたような眼差しでそう言った。確かに、城にいた頃は彼と聖弦の話はしても、実際に彼の目の前で弦を張ったことはなかった。

セリアは微笑み、聖弦を構えた。

「きれいでしょう？　デニスにも弦に触れてほしいけれど、そうもいかないわね」

「……そういえば、せっかく弦を張っても普通の人間が触れたら消えてしまうんだっけ」

「そうなのよ。試しに触ってみる？」

「うん」

どこか期待するような目でデニスが手を伸ばし、柔く輝く弦に触れる――が、彼の指先に触れるか触れないかのところで、弦は消えてしまった。

「……あー、やっぱりだめか」

「感触はあった？」

「そうだな……触れなかったけど、近づいた時にはちょっと温かいと感じたかも」

「温かいの？」

弦を張り直しつつ、セリアは首を傾げる。セリアは、弦に触れても特に温かいとは感じないのだが。

デニスもしばらく考え込んでいたが、やがてぽんと手を打った。

「きっと、セリアの温かさだね。僕は精霊のこととかよく分からないけれど、セリアの温かさに惹かれた精霊が集まって弦になった。だから温かいんだよ」

「……なるほどね」

それも一理あるかもしれない、と思ってセリアは相槌を打った。

聖奏師であるセリアとて、聖奏や精霊のことを完全網羅しているわけではない。だが彼の言うように、「精霊は聖奏師のことが大好きで、その優しさや想いに反応して弦を張り、聖奏によって奇跡を起こすのだ」という説は聞いたことがあったし、信憑性があると思っている。

（私の温かさ、なんて言われてもあまりピンと来ないけれどね）

弦を張り直すと、デニスに辺りの監視を任せつつそっとつま弾いた。

ピン、ピン、と澄んだ音が夜の草原に響き渡る。

それを耳にしたデニスは振り返り、幸せそうに頬を緩めた。

「……なんだかどきどきするね」

「私もよ。……それじゃあ、普通の曲を弾くわ。聖奏をしたい気持ちもあるけど、今はやめておくわ」

「うん、楽しみにしているよ」

セリアは左肩と膝で聖弦を支え、緩やかな六拍子の曲を奏で始めた。

聖弦が精霊の力を呼び起こすのは、聖奏用の曲を演奏した時のみ。今セリアが奏でているのは、ファリントン王国の楽師ならば誰でも知っている有名な曲だった。

途中から速度が上がり、漣立つ湖に揺れる小舟のように、せわしなく、何かに追われるように、奏でられたメロディはやがて元の落ち着きを取り戻し、何ごともなかったかのように最初のリズムに戻る。

拍子を取るために体を揺らしながら弾くセリアを、デニスは藍色の目を優しく細めて見つめていた。

滑らかに動く右手と、伏し目がちに弦を見下ろす眼差し。弾く時の癖でほんの少し開いた唇に、ほんのり色づいた頬へと、彼の視線が動いている。

そんな彼の視線に気づかないセリアは、曲に心を乗せて聖弦を弾く。

聖奏は、すばらしい。聖奏師の女性が聖弦で聖奏した時にのみ発動する精霊の力は、人間の可能性を超えて多くの恵みを与えてくれる。

(すごいけれど、その力を過信してはならない)

ピン、と最後の音を奏でたセリアはゆっくり目を開く。

(ミュリエルは——今でも、自分の考えを貫き通している。聖奏の力を最大限に発揮し、

精霊の恩恵を惜しみなく皆に与えている）

それが本当に正しいのだろうかと、セリアはずっと考えてきた。一時は、敗者である自分が間違っていて勝者であるミュリエルが正しいのだと、無理矢理自分を納得させていた。

だが、やはり今でもミュリエルの方針を完全肯定することはできない。

（ミュリエルが筆頭になったこの国は、どう変わっていくのかしら）

セリアがいた頃より発展するのか、何も変わらず現状を維持するのか。

それとも――

「……っくし！」

「大丈夫、セリア!?　……そろそろ冷えてきたね。これでも着てて」

立ち上がったデニスは自分が着ていたベストを脱ぎ、くしゃみをしたセリアの肩に掛けてくれた。

「い、いけないわ。それじゃあデニスの方が風邪を引いてしまうわ」

「僕はさっき君に元気をもらったから大丈夫。それに、僕にはこれがあるし」

デニスは、敷布代わりに使っている上着の袖部分をぽんぽんと叩いた。

「男は丈夫にできているんだよ。君は体を冷やさない方がいい。……膝掛けとか持ってくればよかったね、気づかなくてごめん」

「いいえ、暖かい時期だからって油断していた私がいけないのよ。気遣ってくれてありがとう」

そうはっきりと返し、セリアは手早く聖弦の弦を消してからケースに片付けた。

布で磨いたりといった丁寧な手入れは、帰ってからすればいいだろう。

二人は、月光の照らす丘を歩いて館まで戻った。外に出た時には灯っていた部屋の明かりは、大半が既に消えている。そろそろ深夜を回っている時間なので、夜間警備以外の者は寝静まっているのだろう。

一階の夜警控え室にいた傭兵に帰宅を知らせた二人は、極力足音を立てないよう階段を上がって自室に向かう。

「今夜は一緒に散歩できてよかったよ、セリア」

階段を上がりながら、こそっとデニスが言った。

「よかったらまた、こうして二人で散歩しながら話をしたいな」

「私もよ。聖弦はともかく竪琴ならいつでも持ち出せるから、お天気のいい日に色々な曲を聴いてもらいたいわ。また、一緒にお出かけしましょう」

「うん、楽しみにしているよ」

セリアの部屋は三階、デニスの部屋は四階にある。

そのため、セリアを見送ってからデニスは四階に上がるのだ。

「それじゃあ、また明日。おやすみ、デニス」

セリアはそう言って、振り返った。セリアの数歩分後ろに立っているデニスは立ち位置のためか、体の半分以上が陰になっていた。彼の金髪はくすんだ色に染まり、藍色の目は漆黒の真珠であるかのような不思議な輝きを宿している。

そんなどことなく不穏なシルエットを生み出すデニスだが、セリアの挨拶に応じて陽気に笑って軽く手を振った。

「うん、おやすみセリア。よい夢を」

「ええ、よい夢を」

セリアも微笑み、聖弦の入った袋を抱えてデニスに背を向けた。女性用の部屋が連なる廊下はしんと静まりかえっている。起きている者は一人もいなそうだ。

(今晩のことは明日、フィリパたちに教えればいいわよね)

セリアは軽い足取りで自室に滑り込むのだった。

デニスは、廊下の曲がり角に立つ女性を見つめていた。

陰にいる自分と違い、セリアの体は窓から差し込む月光を受けて立っている。赤金色の髪はいつもより色彩が淡く見え、長いまつげに縁取られた深緑の目は濡れたように輝いていた。

纏っているのは二年前に着ていたような上質なローブではなく、平民女性が着る普段着だ。それなのにデニスの目には、淡い月光に縁取られた衣服が宗教画に描かれる妖精の衣であるかのように映った。

——夜の女神。

そんな、自分らしくもない言葉が自然と頭に浮かんできた。

——思わず、手を伸ばしそうになった。

振り返り様に揺れた、その髪に触れたい。二年前よりもほんのり焼けた肌に触れたい。

——その心に、触れたい。

だが、すんでのところで衝動を抑え込んだ。

誤魔化すように手を振ったら、彼女は何の疑いもなく微笑んでデニスに背を向ける。

そんな無防備に背中を見せないでほしいのに。

セリアが去った後も、デニスはその場からしばらく動けなかった。手を振った後、行き場をなくした右手は顔の横で、握ったり開いたりと意味のない行動を繰り返している。

——また、一緒にお出かけしましょう。

そう言って笑ったセリア。ファリントンのことを話している時は、少しだけ寂しそうな顔をするセリア。子どもたちの世話をし、女性陣と一緒に洗濯をするセリア。

「……セリア、僕は——」

デニスは漆黒に染まった目を伏せ、階段の手すりに乗せていた拳をぎゅっと固めた。

ピン、とどこからともなく、聖弦の奏でる甘やかな音が聞こえた気がした。

デニスがグリンヒルの館で暮らすようになって、半月。

「今日は、僕が荷物持ちをするよ」

玄関でセリアを待っていたデニスが、そう申し出た。

「僕は町のことにまだ詳しくないから、案内は頼むね」

「ええ。……確かに、デニスが買い物のために町へ降りるのは初めてかしら？」

「そうだね。土木作業の手伝いとかで行ったことはあるけれど、買い物はこれが初めてだね。……あ、チビたちも来たな」

デニスの視線の先には、廊下を小走りで駆けてくる子どもたちが。

子どもたちは大人同伴でないと町に降りてはいけないことになっている。しかも一度の買い出しや散歩で連れ出せる子どもの数は限られているので、皆は大人と一緒に外に出られるのを楽しみにして日々勉強や手伝いをしているのだ。

「あ、今日はセリア姉ちゃんとデニス兄ちゃんだ！」

「デニス兄ちゃん、今日こそおれを肩車してよ!」

「あたしはセリア姉ちゃんとおててつなぐの!」

口々に言いながら集まってくる子どもたちを見ていると、口元がほころんでくる。

「よしよし、分かったからちゃんとお利口についてくるんだぞ」

「いつも言っているけれど、町に着いてもはしゃぎすぎない。何かあったら、私かデニスに言うこと。いいわね?」

はーい! と子どもたちは元気よく返事をする。天高く挙げられた彼らの手のひらは、王都で暮らす子どもたちのそれよりも小さくて薄っぺらい。

(この子たちに、もっとたくさん食べさせてあげたい。……演奏しに行く回数を増やすべきかもしれないわね)

料理などでは全く役に立たないセリアだが、掃除洗濯子守は率先して行う。それだけでなく、時折竪琴を抱えて町に降り、飲食店で演奏して金を稼ぐこともあるのだ。

聖弦ではないので演奏しても精霊の力を呼び起こすことはできないが、それでもセリアの演奏はなかなか好評だった。セリアの名前は知らなくても、「丘の上の館の女性楽師」と言えばほとんどの者は分かるという。

本日、セリアとデニスの買い出しに同行する子どもたちは五人。八歳と七歳の年長の子が、五歳と四歳の子の手を引く。もう一人の子はまだ一歳を過ぎたばかりなので、デニスが抱っこしていた。

「姉ちゃん、お花がさいてる！」

「そうね。暖かい時期になったから、咲くお花の種類も変わってきたわね」

「なあ、デニス兄ちゃん。おれ、兄ちゃんと一緒に風呂入りたい」

「うーん……それは別のお兄さんに頼んでくれないかな」

「ちぇっ……」

「……だめなの？」

子どもたちに聞こえないよう小声でデニスに問うてみると、彼は苦笑して一歳の女の子を抱え直した。

「それなんだけど……。僕、見習い時代に手ひどい歓迎を受けたことがあって。肌、あまり子どもたちに見せられる状態じゃないんだ」

それは知らなかった。セリアは目を瞬かせ、そのまま視線を下へずらす。

一般市民が普段着として着用する、シャツとスラックス姿のデニス。この衣服の下の肌は、それほどまでに傷ついているというのか。

「……そう、だったのね。ごめんなさい、不躾なことを言って」

「気にしないでいいよ。一緒に風呂に入るのは難しくても、頭を洗ってやるとか風呂上がりに体を拭いてやるだけなら大丈夫さ」

そう言ったデニスは、セリアを元気づけるように微笑んだ。子どもたちに見せられないほどの傷を負っているとは思えないほど、彼の笑顔はからりとしている。

（……確かに、騎士にしても傭兵にしても、戦場に身を置く人は体に傷痕を残していることが多かったわね）

ファリントン王国の聖奏師だった頃、騎士団に呼ばれて治療に行っていた。セリアが在籍している間は大きな戦争や事件はなかったが、それでもたまには大怪我を負って運ばれた患者の治療を任せられたことがあった。

聖奏師団に所属する聖奏師は、十代の女性のみだ。患者が血みどろだったり身体の欠損が著しかったりすると、役目は筆頭など年長者に託される。セリアが筆頭だったのは一年程度だが、重傷者の手当も何度か担当した。

聖奏のおかげで自己再生能力が高まり傷はふさがるが、傷痕を残さず完治できるとは限らない。中には大きなみみず腫れを残したり、皮膚の抉れた痕がそのまま残ったりしてしまう患者もいた。

デニスの裸身を見たことはないが、きっと彼も同じような状態なのだろう。いくら館の子どもたちが傷を見慣れているとはいえ、あまりにも無惨な傷痕ならば極力見せない方がよいだろう。

それにしても。

（……今、初めてデニスの過去に触れたかも）

ちらっと横目でデニスを窺う。彼は先ほどから男の子に肩車をせがまれているようで、町に着いて一歳の子を下ろしたら、となだめていた。

彼との出会いは約十年前。彼は平民で、当時は騎士養成の寄宿学校に通っていた。セリアが知っているのは、それ以降のことだけだ。

生まれはファリントン王国の田舎で、騎士になるために王都に来た、というのは知っている。だが、騎士団でどのような生活を送っているのかまでは把握していなかった。

（……いつか、もっと色々なことを教えてくれたらいいな）

これまでデニスはセリアを何度も助けてくれた。

彼がいてくれたから、今セリアはこの緑の丘で充実した日々を送れているのだ。

もしデニスが困っているようなら、今度はセリアが彼を助けたかった。

麓の町は今日も賑わっていた。

ファリントン王国王都ルシアンナとは違った活気に溢れており、道行く人のほとんどとは顔見知り。店の人たちも、気さくに声を掛けてくれる。商売第一、売り上げ第一の王都の商店街では見られなかった光景だ。

「いらっしゃい、セリアちゃん……あれ？　いつの間に結婚したんだい？」

雑貨屋の女主人が、セリアと一緒に来店したデニスの顔を見て目を丸くしている。デニスはグリンヒルに来て日が浅いので、彼の顔を知っている者はまだ多くないのだ。

「こんにちは。彼はデニス。私の昔からの知り合いです。夫じゃないです」

「え、旦那じゃないのかい？　いつも一緒に来る館の傭兵じゃないだろう？」

どうやら女主人はからかいなどではなく、本気でセリアが結婚したと思っていたようだ。

苦笑するセリアの隣で、デニスがお辞儀をして一歩進み出た。

「初めまして。デニスと言います。グリンヒルの館に一ヶ月間身を寄せております」

「はあ……本当に旦那じゃないんだね。そりゃ残念。……セリアちゃん、美人だし仕草が上品だからあっちこっちから熱い目で見られているもんでね。いい人が見つかればいいのにと思ってたのさ」

「確かに、セリアとは二年ぶりに再会したばかりですが、昔よりもずっときれいになったなぁと僕も思っていたのですよ」

「ちょっと、デニス……」

口が達者なデニスのことだから女主人の言葉もうまくかわしてくれると思いきや、なぜ話に乗っているのだろうか。

彼のシャツの袖を引っ張ると、デニスは振り返ってウインクを飛ばしてきた。

「何か？」

「人前で何を言っているのよ」

「だって、本当のことだし。君の姿を見つけた時は、なんてきれいになったんだろうと思った。そんな君が小さい子どもと一緒だったから――結構ショックだったんだよ」

「な、何を言って……」

「今町を歩いている時だって、君のことをじっと見つめている人が結構いたんだよ。気づかなかったのかい？」

全く気づかなかった。

「私、そんなに目立っている……？」

もしや、貴族であり筆頭聖奏師であったことがばれてしまったのでは……と思って青ざめるセリアだが、デニスはくすっと笑って子どもを抱え直した。

「悪い意味で目立っているわけじゃないから、そんなに気にしなくていいと思うよ。みんな、純粋に君のことを美人で上品なお嬢さんだと思っているんだから」

「……みんな、の中にデニスも入っているの？」

思わず尋ねると、デニスは少し目を丸くしてから、苦笑をこぼした。

「もちろん。……こんなにきれいな子と並んで買い物をして、夫婦と間違えられるなんて……僕は幸せ者だなぁ、って」

「……も、もう、からかわないでよ！　ほら、買い物するわよ！」

「ふふ、了解」

デニスは余裕たっぷりに笑っていて……そんな彼がちょっと恨めしくて、セリアは悔し紛れにデニスの背中を抓ってやったのだった。

「いやぁ、よく買ったしよく冷やかされたね」

大量の買い物袋を提げたデニスがそう言って、爽やかに笑った。

彼は何人もの通行人にからかわれても動じることなく、「そう見えるでしょう?」「いやー、この子は残念ながら、僕たちの愛の結晶ではないんですよ」などと朗らかに返して、皆を笑わせていた。途中から笑顔が引きつり、「姉ちゃん、つかれた?」と子どもたちに尋ねられてしまったセリアとは大違いである。

「……話し上手だとは思っていたけれど、本当にたくましいのね、あなた」

「これくらい可愛いものだよ。だって皆からは、君のことを好いている気持ちが伝わってくるんだから。王都の人間はもっと意地悪で、汚かった。あれに比べれば微笑ましいし、対応するこっちも全然苦じゃないよ」

(……確かに、そうかもしれないわね)

グリンヒルの住人は、セリアたちを傷つけたくて冷やかしてくるわけではない。セリアと皆との間に確実な信頼関係があるからこそできるやり取りだ。

筆頭の頃もよく陰口を叩かれたし、からかわれた。それはグリンヒルとは違い、セリアを傷つけ、泣かせ、落ち込ませるためにされていた行為だった。

筆頭聖奏師として、羨望と同じくらいの嫉妬や憎悪を買っていたセリアもだが、平民出身の騎士であるデニスも心ない言葉を吐かれてきたのだろう。

「……姉ちゃん、見て見て、あっち」

考え事をしていると、女の子に袖をくいくい引っ張られた。

「人がたくさんあつまってるの。おまつり？」

「あら……本当ね。何か催し物でもあるのかしら」

女の子に示された方を見やると、広場の中央辺りに人だかりができているようだった。

セリアより背の高いデニスが背伸びをしてそちらを見て、「ああ」と声を上げる。

「旅の吟遊詩人が来ているみたいだ。これから一曲演奏してくれるんじゃないかな」

「まあ、吟遊詩人？」

「ぎんゆーしじんって、がっきをひいてうたう人のことだよね？」

「そうよ」

「いきたい！」

やはりというか、子どもたちは目を輝かせて訴えてきた。

楽器演奏ならセリアも負けていないが、残念ながらセリアは歌を歌えない。「弾き語りの技能がないから」と皆に言い訳しているが、一番の理由が音痴だからというのはセリア一人だけの秘密である。

「……だそうよ。寄っていってもいいかしら」

「うん。腐るものは持っていないし、君だって他人の演奏には興味津々なんじゃないか？」

「ふふ、ばれたわね」

デニスに指摘されたセリアはちょこっと舌を出しておどけてみせた後、子どもたちを連れて人混みの方へと向かった。一歳の子はまだ幼いので、荷物持ちのデニスと一緒に離れたところでお留守番である。

吟遊詩人は、若い男性だった。自己紹介によると、彼はここ数年ほど各国を放浪しており、その中で見聞きしたことを物語風の歌に織り込んでいるのだという。

「皆様お集まりいただき、ありがとうございます」

彼は広場に集まったグリンヒルの町人たちを見回し、服の裾を摘んで小粋にお辞儀をする。そうすることで帽子に付いた大きな羽根飾りも揺れ、一緒にお辞儀しているように見えた。

「本日は、私がとある国で見聞きした内容をもとにした歌を披露いたします」

「……おひめさまとか、出てくるかな？」

セリアの隣に座っていた女の子が目を輝かせるので、セリアは微笑んでその子の柔らかい髪を撫でる。

「そうかもしれないわね。さ、お利口に聴きましょう」

「うん！」

元気よく返事をした女の子は、スカートの裾を直してきりっとした表情を吟遊詩人に向ける。この子はお姫様が出てくる絵本が好きで、セリアも彼女のために同じ絵本を何度も読んであげているのだ。

吟遊詩人が竪琴を構える。セリアはごくっと唾を呑み、彼の手元に意識を集中させた。

職業病なのか、音楽鑑賞する際セリアはとにかく演奏者の手元が気になる。それが吟遊詩人など、セリアと同じ竪琴を得意とする者ならなおさらだ。

吟遊詩人の細くて節くれ立った指先が、旋律を奏でる。同じ竪琴奏者でも弾き方はだいぶ違うものだ。この吟遊詩人の場合、セリアよりも力強く、時々爪の先が弦に触れて掠れた音を立てている。だがどうやらそれも計算のうちのようで、セリアは放浪の男性だからこそ演出できる、力強くやや野性的な音色に意識を集中させていた。

むかしむかし。とある国に、若くて勇敢な王様がいました。

とてもすばらしい王様なので、国中の娘が王様のお妃様になりたがっていました。

ある貴族のお姫様が、一番の有力候補でした。お姫様はとても美しい人でした。美しいけれど意地が悪くて、偉そうで、王様もお城の人も、お姫様のことは好きではありませんでした。

でもお姫様は身分が高いので、王様たちは彼女のことを無下にできなかったのです。

ある日、お城に平民の娘がやってきました。その娘はお姫様に負けないくらい美しく、それでいて優しくて賢い女性でした。

王様はあっという間に、娘に恋をします。娘も、王様に恋をしました。

お姫様は、そんな二人のことがおもしろくありません。

自分の方が美しい、自分の方が魅力的だ、自分の方が賢いと信じているお姫様は、娘を嵌めるために計画を練りました。それは、皆の前でお姫様と娘が勝負をして、勝った方が王様のお妃様になるというものでした。

お城の人たちはお姫様のことが大嫌いだったので、いっそのこと勝負で決めてしまえばいいと同意しました。

王様も、必ず娘が勝つと信じて同意しました。娘も、意地悪なお姫様の妨害に負けず、一生懸命努力をしました。

そして、勝負の日。

あれほど自信満々だったお姫様は、ダンス、勉強、詩歌、ひとつたりとも娘に勝てませんでした。

それもそうです。お姫様は自分が勝つと思いこんでいて何一つ努力せず、娘の方は一生懸命勉強をしたのですから。

意地悪で高慢なお姫様は、お城を追い出されました。

そうして、賢くて一生懸命な娘は王様との恋を成就させ、国中の人の祝福を受けて結婚したのです。

追い出されたお姫様は王様とお妃様を恨み、いっそのこと殺してやろうと城に忍び込みました。でも、お姫様はあっさり返り討ちにあって捕まり、誰の同情も得られないまま檻の中で一生を過ごしました。

こうして、邪魔(じゃま)な者がいなくなった王様とお妃様は皆から愛されて、長く幸せに暮らしましたとさ。

セリアは絶句していた。最初は竪琴の音色に集中していたのに、歌の内容に気づいてからはそれどころではなくなってしまった。

(なに、これ……?)

目の前では、見事な竪琴の演奏と歌を終えた吟遊詩人が、皆(みな)からの拍手(はくしゅ)を受けて照れたように笑っている。だがセリアは拍手を送る気にもなれず、生気を失った目でぼんやりと彼の姿を見ることしかできなかった。

(今の……どういうこと?)

若い王様。意地悪で偉そうなお姫様。優しくて賢い平民の娘。お姫様と平民の娘が勝負をして、お姫様が敗北する。お姫様は城を追い出され、王様と娘は結婚する。

そして吟遊詩人はこの歌について、彼がとある国で実際に見聞きした内容をもとにしていると言っていた。

それは、もしかしなくても——

「……姉ちゃん？」

子どもに呼びかけられて、セリアははっとした。気が付けば周りにいた人たちは既にその場から離れており、いい歌だった、見事な演奏だった、という声がやっと、耳に届いた。どうやらセリアはしばらくの間、放心していたようだ。子どもが心配そうな顔で服を引っ張ってきたので、慌てて頭を振って気を持ち直す。

「ごめんね。ちょっと、ぼうっとしていて……あら？　デニスは？」

「兄ちゃんは、あっち」

子どもの指先が示す方を見ると、なぜかデニスは先ほどの位置ではなく吟遊詩人の側にいて、彼と何か話し込んでいた。

話が終わったようで、デニスはこちらにやってきて吟遊詩人もセリアの方を見てきた。彼は帽子のつばを摘んでお辞儀をすると、きびすを返した。

「デニス兄ちゃん、何してたの？」

「いや、さっきの歌についてちょっと吟遊詩人と話をしていたんだ」

デニスは子どもたちには笑顔を向けて——ちらっとセリアを見た時だけ、瞳に真剣な色を乗せた。

どきん、と心臓が鳴る。

（デニスも、さっきの歌を聞いていた。それで、吟遊詩人と話をしたということは……）

子どもたちに肩車をせがまれるデニスがセリアを見て、口の形だけで「あとでね」と言ってきたので、追及しようとしたセリアは言葉を呑み込み、頷いた。

セリアも少し、頭の中を整理したい気持ちだった。


館に戻ると、フィリパたちが出迎えてくれた。

「ただいまー！」

「ねえねえ、ぼくたちさっき、ぎんゆーしじんのおうたをきいたんだよ！」

「へえ、それはよかったわね！　吟遊詩人なら、セリアも――」

朗らかに応じたフィリパだが、セリアとデニスの表情を見るとすっと笑みを消した。そしてすぐに笑顔に戻ると、デニスが抱っこしていた子を受け取った。

「そんじゃ、買い物も行ってくれた二人は休んできなさいよ。後はあたしたちが子どもたちの面倒を見るから」

どうやら、セリアたちの表情を見て気を遣ってくれたようだ。

フィリパの厚意に甘えてセリアとデニスは子どもたちを託し、館の皆に挨拶をしながらも早足で、セリアの部屋に向かった。途中、フィリパから事情を聞いたらしいエイミーとマージが、二人分のグラスと冷えたレモン水で満たされたポットを渡してくれたので、ありがたく受け取っておいた。

二人が部屋に入るとすぐに鍵を閉め、セリアはベッド、デニスはセリアの勧めを受けて椅子に座り――はあ、と二人ほぼ同時にため息をついた。

「なんだか……頭の中がゴチャゴチャするわ」

「僕もだよ。……まさかこんな田舎で、あんな情報を耳にするとは思っていなかった」

「デニス。あなたは……あの吟遊詩人と、どんな話をしたの？」

思い切ってセリアが切り込むと、デニスはエイミーたちから受け取った茶器をテーブルに置き、それぞれのグラスにレモン水を注ぎながら肩を落とした。

「……その前に。セリアは、今から僕が言うことを聞く覚悟はできている？」

「覚悟……」

「覚悟……というより、踏ん切りというか、自分の中で二年前の出来事について決着がついているか、ってことかな。吟遊詩人から聞いた内容は、君にとって喜ばしいものではない。話を聞いたことで、傷つくかもしれない」

「……そんなの、今さらよ」

心配そうに言うデニスを、セリアは真っ直ぐ見つめ返した。

二年前、筆頭聖奏師の座をかけてミュリエルと勝負して敗北したことについては、今でも「なぜ」と思っているし、かつての自分が高慢で偉そうな性格だったとは思うが、ミュリエル以下の実力だったとは思っていない。

だが、エルヴィスについてはかなり前に諦めがついている。

(あの頃の私は、エルヴィス様に愛されていることで周りが見えていなかったけれど……今思えば、エルヴィス様が愛していたのは私じゃなくて、より優秀な筆頭聖奏師だったのかもしれない)

だとすれば、吟遊詩人の歌の内容も——色々引っかかりはあるが、エルヴィスとミュリエルが恋に落ちた、というところについては、さもありなんと思われた。

それに、この田舎町にもいつか王都の情報が入ってくるだろうということはずっと前から分かっていたことだ。それが予想外の方法で、しかも想定外の内容で届いてしまっただけのこと。

(私は、真実を知りたい。いざというときにも動じないように、知識を武器として蓄えておきたい)

セリアがはっきりと言ったからか、デニスは頷いた。

「……君がそう言うのなら。僕が吟遊詩人から聞いたのは、まずはあの歌の題材がどの国なのかについて。それから、歌のもとになった出来事はどこまでが事実なのかについて。最初は胡散臭がられたけれど、僕が元ファリントンの騎士だと言うと、積極的に教えてくれたよ。現在滞在している宿の場所も教えてくれたから、もし何かあれば重ねて質問すれば、快く教えてくれると思うよ」

「……そうなのね」

ひとまず、あの吟遊詩人に悪意があるわけではないこと、そしていざとなれば協力者にもなってくれそうだということは理解した。

デニスはレモン水のグラスのひとつをセリアに渡し、もうひとつを手に椅子に座って中身の半分ほどを一気に呷ってから、口を開いた。

「彼は歌を披露するため、半年くらい前に王都ルシアンナを訪れた。そこで市民と話をしているうちに巷で噂になっている国王絡みの恋愛話を耳にして、それを歌の主題にしようと思いついたそうだ」

各地を回って歌を吟ずるのが本職である彼らからすれば、旅をして各地の出来事を歌として書き留めるのは当然の行動だ。それも、その国で噂になっている話題や社会事情などは歌のテーマにしやすい。彼も嬉々として飛びついたことだろう。

「彼が歌った内容は、住民から聞いた噂話ほぼそのままらしい。彼は追放されたのが聖奏師だってことも知っていたけれど、歌う際に分かりやすく、しかも感情移入しやすくするように、『聖奏師』関連の単語を省略して『お姫様』って表現したそうだ」

つまり、勝負の経緯などはともかく、城を追放されたお姫様――セリアのことだ――が平民の娘――ミュリエルのことだろう――を逆恨みして殺害を企てたが返り討ちに遭い、投獄されたという話は吟遊詩人の創作ではないのだ。

「……王都では、私は稀代の悪女扱いされているのね」

ぽつんとセリアはこぼした。

勝負に負け、身分も栄光も何もかもをなくした。このまま大人しく城を出ていけば、平穏無事に暮らせると思っていた。いつしかセリアの名は皆から忘れられ、「そういえばそんな人もいたっけ」くらいになってしまえばいいと思っていた。

ところが、セリアの名は風化するどころか悪女として皆に広まってしまっている。グリンヒルに来た吟遊詩人は運良く身分や名前を伏せて吟じてくれたが、セリアの名も身分も他国まで響いているかもしれない。セリア、というのがファリントン王国周辺ではありきたりな女性名であるのが、不幸中の幸いである。

デニスの表情が厳しいものになったので、セリアは慌てて付け加える。

「吟遊詩人の方を恨むつもりはないわ。彼は歌を広めるのが仕事なのだし、聞いた話を悪い方に改変したりはしなかったもの」

「……うん、僕もそう思う。それに彼曰く、ファリントン王国の国王をモデルにした歌を歌うことに関して、上層部の了承を得たそうだ」

「……城下町にある、騎士団詰め所などに申請したのかしら？」

「そう言っていたな。彼が一度書面に表した歌詞は一度城まで持ち込まれ、上層部の確認を受けている。その際、『この歌は非常に優れているので、是非とも各国で広めるように』との言葉を受けたのだそうだ」

「なっ……！」

デニスの言葉に、色々覚悟を決めていたセリアも絶句してしまう。

投獄などの箇所は、国民たちの間で語られるうちに尾ひれが付いたのだとばかり思っていた。だが、その部分も含めて上層部は歌詞を承認している。しかも、「各国に広めよ」と一言添えて。

「……そんな大嘘をエルヴィス様が主導して広めてどうするの!? それに、いくら私を勘当したとはいえ、叔父様が黙っているはずがないわ！」

叔父のことは、きっと永遠に好きになれないだろう。

だが彼ならば、「セリア・ランズベリー」として書類にも残っている姪がありもせぬ罪を着せられるなんてことがあれば、城に猛抗議するだろう。実際にセリアがやらかしているならともかく、当の本人はファリントン王国から離れた緑の丘で暮らしているし、叔父たちもセリアが戻ってきていないことは分かっているはずだ。

だがデニスは目を伏せ、首を横に振った。

「……黙っていてごめん。実は、ランズベリー公爵家は僕が出発するちょっと前に没落してしまったんだ」

「……え？」

「一番の原因は、君の従妹が新しく聖奏師団に入ったのだけれど、筆頭であるミュリエルとうまくいかなかったことだろう。国王は既にミュリエルを重用していたから、結果としてランズベリー公爵家は国王に刃向かったことになり——ほとんどの権利を剝奪されてしまったんだ」

「……」

セリアは、ぎゅっとシーツを握りしめた。

あれほど狡猾で権力欲に忠実な叔父が、こんなにあっさりと権利を剝奪されるなんて。

「君が去った後も、しばらくの間はランズベリー公爵家もうまくやっていた。でも君の従妹は最終的にミュリエルに泣きついたものの相手にされなくて、除籍処分を受けた。今の公爵たちは、首の皮一枚で繫がっている状態だ。といっても議会での発言力は皆無だし、針のむしろ状態。いっそ一族全員で国外逃亡した方がいいかもってくらいだったよ」

「そんなになの……」

「それだけ、今の王都——いや、ファリントン王国は国王とミュリエルの天下なんだ。この二年間で国王の中でどういう変化があったのかは分からない。僕だって、ミュリエル親衛隊入隊を断ってからいっそう冷遇されてきたって言ったよね？　そういうことだから、あの吟遊詩人の歌が上層部から承認された理由も——正直腹が立つけれど、納得なんだ」

「……」

「彼は、これから先あの歌は歌わないし当分はファリントンには行かないと言っていたけれど……王都で広まっている噂をもみ消すのは不可能だろう。下手すれば、国王への反逆意思ありと見なされてしまうからね」

今デニスの口から語られた、王都の現状。それが真実なのだった。

エルヴィスはミュリエルと恋仲になり、公爵家は零落し、セリアの名は、悪女として囁かれている。

セリアはレモン水をすすり、グラスをテーブルに置いた。

「……デニス。私……あなたに言いたいことが……聞いてほしいことがあるの」

気が付けば、そんなことを口にしていた。

ずっと胸の奥で封印していたこと。誰にも言えなかったこと。

だが……ずっとずっと、誰かに聞いてほしかったことが、セリアの胸の中で騒ぎ立てている。

デニスも真剣な眼差しのまま、ゆっくり頷いた。

「……うん、聞くよ。何でも言って」

「……。……私、陛下に言われていたの。妃になってほしい、って」

セリアは話しながら俯いてしまったから、今デニスがどんな顔をしているのか、分からない。

「……。……それは、本当？」

しばしの沈黙の後に発せられたデニスの声は、少しだけ戸惑うような疑うような響きがあり、セリアは苦笑をこぼした。

（そうよね、疑われても……思いこみの強い勘違い女だと思われても、仕方ないことよね）

でも、嘘だと思われてもいいから、聞いてほしかった。

「筆頭になってすぐくらいから、エルヴィス様は夜、聖奏師の仕事部屋に来られるようになったの。最初は、書類の確認をお願いするだけだった。でも――キスされた。愛していると言われた。いつか妃になってほしいと言われた」

それまでは、若く麗しい国王の姿を柱の陰からこっそりと見るだけだった。

彼に重宝される聖奏師であればそれで十分だと思っていたのだから、愛を告げられて驚いた。けれど――驚き以上に、嬉しかった。

「いつか皆に公表するまでは、秘密の恋人でいてほしいと言われたの。……私、子どもだったのね。秘密、なんて言われる自分に酔ってしまったの。ミュリエルとの勝負の話が挙がった時にも、エルヴィス様は私を信じてくださった。絶対に負けたくないから、必死で勉強をした」

だが――負けてしまった。

「たとえ私がミュリエルより格下であっても、エルヴィス様はきっと私を認めてくれる。

きっと引き留めてくれるって微かに期待していたのよ。でも、あの方はそれ以降私と会おうとなさらなかった。……ふふ、それもそうよね。公爵家追放、筆頭の身分剝奪、城内での評判は最悪。──こんな女と交際する意味なんてないものね」

「……セリア。君は今でも、国王のことを……？」

「ううん。そのことはもう、踏ん切りがついているわ」

顔を上げて、セリアはしっかりと言った。デニスの戸惑うような瞳を真正面から受け止めて、膝の上でぐっと拳を握る。

「……あの頃の私は、何かに縋ることでしか生きる意味を見いだせなかった。ランズベリー公爵家出身、筆頭聖奏師、国王の恋人──そういった称号を失うのが、何よりも怖かった。だから、自分が本当に何をしたいのかも分からなかったし、自分の力で何かを成し遂げようという気持ちもなかった」

過去のセリアは、愛情に飢えていた。

自分に与えられたものを失わないためだけに生きていたから、いざ縋る先がなくなると魂の抜け殻のようになってしまったのだ。

「……そうなんだね。君が気にしないのならいいけれど……悔しくはないのか？」

「そう、それよ！」

セリアが立ち上がってびしっと指を立てたからか、デニスは驚いたように少し身をのけぞらせた。

「今の私の気持ちは、まさにそれ！　私のことなんて放っておいてくれて構わないのに、よくも嘘情報を付け加えて悪女扱いしたな！　しかもその歌を吟遊詩人に歌わせて、各地方に広めるなんてろくでもないことをしてくれたな！　ってところなのよ！　ええと、こういうのを……ふざけんなくそくらえ、って言うんでしょう？」

「そ、そうだけど、よそでは言わないでくれよ！」

傭兵たちから教わった語彙の中に、今の感情にぴったりな表現があってセリアは満悦なのだが、デニスのお気には召さなかったようだ。

デニスは頭を掻くとセリアの肩にそっと手を乗せ、すとん、とベッドに座らせた。

「……まあ、君が立ち直っているようなら、僕は十分だよ。でも、君は追放された身の上、僕も騎士を辞めた身だ。吟遊詩人に頼んだらあの歌をこれ以上広めないようにはできても、嘘情報を広めた国王たちに仕返しすることはできない」

「いいのよ、それで。……既に私は、セリア・ランズベリーという身分を捨てているわ。今ここにいるのは、ちょっと竪琴の演奏が上手なだけのただのセリア。……もし、もしもエルヴィス様やミュリエルたちが私を貶めようとしていたとしても、私は平気よ。だって、私には大切な人たち……グリンヒルの皆がいるもの」

セリアを受け入れてくれたマザー。陽気で頼もしい傭兵たち。セリアと一緒に仕事をし、お喋りをする仲であるフィリパ、エイミー、マージ。「セリア姉ちゃん」と慕ってくれる子どもたち。情に厚くて優しい、グリンヒルの町の住人たち。

そして——セリアを肯定し、励まし、理解してくれるデニス。

「もし、エルヴィス様やミュリエルが私を貶そうとしても、笑い飛ばしてやるわ。あなたたちが追い出したセリアは、緑豊かな素敵な場所で、幸せに暮らしています。追い出してくれて、どうもありがとうございました、ってね」

「……はは。それは確かに君を蹴落とそうとした連中からすれば、これ以上ないほどの屈辱だろうね」

デニスはそこでようやく唇の端に微笑みを乗せて、空になっていたセリアのグラスにレモン水を注いでくれた。

「君の言う通りだ。……グリンヒルで暮らす君は、王都にいた頃よりもずっと生き生きとしている。君が生きる場所はここだったんだな、ってしみじみと思えるよ」

「ふふ、ありがとう」

「……今さらな質問かもしれないけれど。君の言う『大切な人たち』の中に、僕は入っているのかな？」

「もちろんよ！　あなたがいてくれなかったら、私は王都について無知なままで……もしかすると、今日吟遊詩人の歌を聞いた時のショックがとても大きかったかもしれないもの」

セリアが即答すると、デニスは安心したように微笑み——だがすぐにそれを消すと、グラスをテーブルに置いて立ち上がり、ベッドに座るセリアの正面に立った。

「それを聞けて、安心したよ。……僕も、セリアのことがとても大切だ。君ならきっと、前を向ける。王都の噂なんて、鼻で笑ってやろう。だから……笑っていて、セリア。僕は……君の笑顔が、好きだから」

「んんっ……！」

不意打ちの「好き」を食らって一瞬言葉に詰まってしまったが、嫌だとは思わない。

とくん、と控えめに心臓が鳴る。

それは……ずっと昔に捨てたある感情に、よく似ている気がした。

「……ありがとう、デニス」

「どういたしまして。……さあ、フィリパたちも君のことを気に懸けていたようだし、もう少し休んでから皆に会いに行こう」

「そうね。……あの、デニス。お願いしたいことがあるのだけれど……いい？」

「僕にできることなら、何でも」

椅子に戻ったデニスが真剣な声音で言うので少しどきっとしつつ、セリアはレモン水で湿した口を開いた。

「こんなことを聞かされても、デニスにとっては迷惑かもしれないけれど……もうちょっ

と、吐き出したくて。エルヴィス様のこととかミュリエルのこととか、愚痴っちゃってもい
い？」

「……。……はは。そんなの、今さらじゃないか。城にいた頃も僕たちは、騎士団のこととか仕事のこととか、お互い愚痴を吐き出しあっていただろう？」

一瞬デニスの瞳が揺れた気がするが、彼は快活に笑ってグラスを揺らした。

「それで君が笑顔になるのなら、なんでも聞くよ。……まあ、僕はそれほど恋愛事は得意じゃないから助言はできないと思うけれど、相槌くらいなら打つから」

「十分よ、ありがとう。……あ、そうだ。それならお返しに、私もデニスの愚痴を聞くわ。騎士団とかで、辛い思いをしていたんじゃないの？」

「実はそうなんだよね。……よし、それじゃあお互いすっきりするまで、今日はとことん愚痴りあおうか！」

「そうね！　こういうのを、同じ釜のメシを食ったモン同士でだべる、って言うのよね！」

「……傭兵たちの言葉遣いに興味津々なのはいいけれど、もうちょっと喋る内容を精査してね」

「え、ええ。頑張るわ」

翌日の朝食の席に、デニスを始めとして数名の傭兵たちはいなかった。一緒に片付けをしたマージに問うと、「朝の特訓をしたら、すぐに町に降りていったよ」とのことだった。

（デニスに、改めてお礼を言わないとね）

昨日部屋を出る際、彼は「僕も騎士団時代の愚痴を聞いてもらったんだから、気にしなくていいよ」と言ってはいた。だがセリアの方が彼に大いに助けられているのだから、やはり礼は言うべきだろう。

そう思って、皿洗いを終えたセリアがデニスを捜して館の中を歩いていたところ、大柄な傭兵が廊下の向こうからやって来た。彼は上半身裸で、見事な筋肉が露わになっている。体中からほかほかと湯気が立っていて汗を拭っていることから、食後に早速訓練をしてきたのだろうと分かる。

「……お！　おはよう、セリア！」

「おはようジェイク。……朝から体を動かしてきたの？」

「おう！　セリアも俺たちと一緒に訓練して、バキバキ筋肉を手に入れないか？　筋肉はいいぞ！　努力は裏切ったとしても、筋肉は裏切らないからな！」

「遠慮しておくわ」

あっさりと筋肉拒否したセリアに構わず、ジェイクは「そういえば」と手を打って、庭先にある訓練所の方を顎で示した。

「さっきあっちで運動してきたんだが——すげぇことになってたんだよ。セリアは知ってるか？」

「どういう風に、すげぇことになっていたの？」

「なんかデニスのやつが早朝訓練で相当ぶっ放したらしくて、試し切り用の丸太とかが粉々になってんの。おかげで薪が大量にできたからそれはいいんだけど、あいつ、何かあったのか？」

何かあったのか、と問われて思い当たるのは、昨日の出来事くらいだ。

そしてセリアははっと息を呑む。

（……まさかデニス、私に愚痴られたことがストレスになっていたの？）

十分に考えられる。彼は優しいから、セリアの前では荒れたりしない。だがあれだけ愚痴を吐かれたら、彼だって滅入るだろう。今朝は丸太相手に鬱憤晴らしをしたということではないだろうか。

「デニスはどこにいるの？」

「あいつなら早朝から出かけている。どうやら近くの村で火事があったらしくてな。幸い死傷者は出なかったが瓦礫の片付けとかで人手が必要らしくて、手伝いに行っているんだ」

「そう……いつ頃帰るかしら」

「もうすぐ戻るだろう。メシ抜きで行ったからあっちで軽食は出されるだろうが、長居はしないはずだ」

ジェイクに礼を言ってからセリアが訓練所に行ってみたところ、そこには確かに、粉砕された丸太のなれの果てや、刃の欠けた訓練用の剣などが転がっていた。デニスの怒り具合がよく分かる破損っぷりだ。

（これほどまで、苛立たせてしまったのね……）

そう思うと話をしに行くのも躊躇われてしまうが、うじうじしてはいられない。デニスとの関係がぎくしゃくしてしまうのも嫌だし……このままだと、さらに丸太や剣が犠牲になるかもしれない。

そういうことでセリアは急いでデニスを捜し回った結果、廊下で彼と鉢合わせする形で巡り会うことができた。

「あ……」

「……ああ、おはよう、セリア。元気になったかい？」

仕事の後で少しだけ泥の付いている上着を肩に掛けたデニスは笑顔で、首筋を流れる汗も非常に様になっている。あの丸太たちを粉砕させた人とは思えないほどの、爽やかさである。

(言いにくい……言いにくいけど！)

「あ、あの、デニス！　昨日は、その……ごめんなさい！」

「えっ、いや、いいんだってば。誰だって愚痴くらい——」

「あれほどまでデニスに負担を掛けているとは思っていなくて……ごめんなさい、相当たまっていたのでしょう？　鬱憤とか、色々」

「鬱憤？」

「ジェイクから聞いたわ。デニスは今朝、すごい勢いで丸太を破壊したのでしょう？」

「ああ……うん、まあ、色々考えながら訓練してたからか、気が付いたら破壊していた」

ほぼ無意識で丸太を破壊できるとは、すさまじい。

その時になってデニスは、自分とセリアの考えていることの違いに気づいたようだ。彼は目を瞬かせて、ひっくり返った声を上げた。

「ちょっと待って。まさかセリア、僕が君に苛立っていて丸太に八つ当たりしたと思っているのかい!?」

「違うの!?」

「違う！　苛立っていたのは確かだけれど、君に対してじゃない！」

「やっぱり苛立っていたのね……」

「だから君じゃなくて、その……」

それまでの勢いはどこへやら、デニスは口を閉ざして視線を逸らしてしまう。その頬がほんのり赤く染まっているように見えるのは、気のせいではないだろう。

彼は辺りを窺ってから、口を開いた。

「国王に……腹が立って。その、君の想い人があいつ――いや、国王だと聞いたらすごい腹が立って。しかも国王は、愛情を捧げた君をあっさり切り捨てるような形でフったっていうから……ふざけんなって思いながら特訓したら、丸太が粉々になっていたんだ」

「……」

セリアは呼吸を止め、瞬きする。

デニスは、エルヴィスに対して苛立っていた。

なぜなら、セリアの想い人がエルヴィスだったから。

「……ええと？」

「子どもの頃から親しくしていた女の子がフられたんだから、腹も立つって。君はしっかり者だけど一応僕よりも年下だから……妹を弄んだ男を恨む兄の心情、っていうのかな？」

「な、なるほど？」

「そういうわけでとにかく、君に対して腹を立てていたわけじゃないから！　もしこれから先も、気になることがあれば遠慮なく僕に言ってね」

そう言って微笑むデニスを見ていると、だんだんとセリアの呼吸も戻ってくる。

(兄と妹……そうだったのね)

デニスの方がひとつ年上なので、彼がセリアを妹のように思っているというのも間違いではないだろう。

だが、妙に胸の奥にしこりがある気がしてセリアが首を捻っていると、デニスの右手がセリアの方へ伸ばされたのが視界の端に見えた。そのままセリアの左頬に、彼の手が触れ——

「いっ!?」

「はい、笑顔笑顔」

頬を引っ張られた。引っ張られたといってもほんの少しの力で、少しだけ頬の皮膚が伸びるくらいだったが、セリアの左頬がデニスの手によって自在に変化している。

驚いてセリアが顔を上げると、藍色の目を細めて微笑むデニスの顔が眼前に広がった。

「君は笑っていてよ。君の笑顔、とってもきれいだから」

「……っ!」

デニスの言葉は優しくて、甘くて、どこか危険な熱も孕んでいた。

セリアの胸がぎゅっと苦しくなり、頬が熱くなり、視界が少しだけ潤む。

(……デニスの馬鹿。兄妹みたいって言いながら、こんなことを——)

わざとらしくぷうっと頬を膨らませると、デニスの手も離れていった。

彼はくすくす笑い、セリアの肩を軽く叩いて脇を通り過ぎる。

「それじゃあ、僕はこれから朝食の残りをもらってくるよ。……また後でね、セリア」

「うっ……ん」

変な返事になったが、デニスは気にならなかったようでさっさと行ってしまった。

デニスがいなくなっても、しばらくの間セリアはその場から動けなかった。

筆頭聖奏師だった頃から才女として名を馳せており、落ちぶれた今も勉強は欠かさないようにしてきた。ミュリエルに負けたとはいえ頭脳にも自信があったのに、そろそろ脳の処理能力が追いつかなくなりそうだ。

(何よ……何なのよ、本当に！)

デニスの背を見送ったセリアは、ふんっと鼻を鳴らして壁に寄り掛かって、気づいた。

手のひらで触れた壁が、びっくりするほど冷たい――いや、冷たく感じるほど、セリアの体が火照っていたのだということに。

廊下を歩いていたデニスは、ふと庭の向こうを見やった。

ここからは庭を挟んで、今歩いてきた廊下を振り返り見ることができた。先ほどと全く変わらない位置で壁に手を突き、俯いているセリアの姿もよく見える。

デニスは足を止め、セリアの姿を遠目に見守っていた。

セリアはしばらくその場にいたが、ちょうど廊下をフィリパたちが歩いてきたようだ。彼女らがセリアの背中を叩き、我に返ったらしいセリアは三人にずるずると引っ張られていった。

そんなセリアの姿にくすっと笑みを漏らした後、瞬時にデニスは笑顔を引っ込めた。

「……君は皆に愛されている。だから……僕がいなくなっても、大丈夫だよね」

デニスの声は、窓から吹き込んでくる柔らかな初夏の風の中に消えていった。

瞬く間に、デニスがやってきてから一ヶ月が経過した。

「もうデニスは、ここを出ていっちゃうのね」

洗濯物を畳んでいると、隣でシャツのしわ伸ばしをしていたエイミーが呟いた。

セリアは苦笑し、山と積まれた子ども用の靴下を左右で揃えていく作業を続ける。

「そうね。寂しいけれど、彼にも用事があるだろうからね」

「……あのさ、ずっとずーっと気になっていたんだけど」

ずいっとエイミーが距離を詰めてくるので、セリアはぎょっとしてせっかく両足揃えた靴下を洗濯物の山に落としてしまった。

「セリアは、デニスについていこうとか思わないの？」

「つ、ついていくって……デニスの故郷に？」

「そう。だってセリア、あっさりしている癖に顔には『もっと一緒にいたい』って書かれているし」

「そ、そう？」

「そう」

断言された。セリアは、色とりどりの靴下に視線を落とした。

「私は、これからもここで生きていくわ。デニスとは、またいつか会えたらそれでいいと思うし」

「そんな幸運が、何度もやってくるわけないじゃない。人の巡り合わせは、一瞬のこと。……これからもう二度と、デニスと会えなくなるかもしれないんだよ」

いつもなら引き下がるはずなのに、今日のエイミーはやたら強情だ。

「せめて、はっきりと言えばいいのに」

「何を？」

「あんた、デニスのことが好きなんでしょ。もちろんただの友人としてじゃなくて、恋愛感情のある異性として」

反射的に、セリアは顔を上げて周囲を見やる。

幸い、この辺りで洗濯物を畳んでいるのはセリアとエイミーだけで、離れたところで洗濯物取り込み係が大判のシーツに苦戦しているだけだった。

（……好き？　私が、デニスのことを……？）

セリアは、緩慢な動作でエイミーを振り返り見た。

「……そうなの？」

「いや、なんで私に聞くの？」

「だって、私はデニスの……ええと、そういうことを考えたことは、一度もないもの」

……そう言うが、本当は時々、思うことがある。

デニスと一緒に並んで歩いたり、お喋りをしたり、買い物をしたりしている時。

これからもずっと、こうしてデニスと一緒に暮らしていたい、と。

だが、それが「好き」という感情ゆえなのかと聞かれると困ってしまう。そもそも、セリアはそこまで自分の恋愛感情に聡いわけではない。

エルヴィスの時は若気の至りということもあり、彼を一途に愛していた。だが、今思えばそれははたして本当の「愛」だったのだろうかと思うし――かといって、今セリアがデニスに対して抱いている感情が「愛」であると結論づけることもできない。

好き、とはこういう時に、こういう風に感じるものです、とはっきり書かれた指南書のようなものがあるのならばともかく、「はい、私はデニスのことが恋愛感情を持った上で好きです」と断言することもできない。

「……よく、分からないわ」

「そうなの？　見るからに幸せそうな、お似合いの二人なのに」

「そ、そう見えたとしても、私には分からないもの。確かに、デニスには何でも言えるし何でも相談できる。これからも一緒にいたいとは思うけれど……それは恋愛的な意味で彼のことを好いているからなのか、って言われてもうまく答えられないのよ」

「うーん……あんたって頭はいいくせに頑固で、物分かりが悪いところがあるからねぇ。デニスも大変だわ」

「エイミー……」

「でもまあ、いいや。恋とか愛とかは抜きにしても……少なくとも、今あんたがデニスに対して抱いている想いだけは、きちんと口にしなさいよ」

　エイミーに指摘されて、先ほど取り落とした靴下を手に取りながらセリアは思う。

（……そういえば。私、どれほどデニスのことを頼りにしているかとか、一緒にいると安心できるかということは、あまり言っていないよね）

　以前、デニスが八つ当たりで丸太を破壊した時も、セリアとデニスの間で認識のずれが生じていた。どうも自分は言葉足らずになってしまいがちみたいだから、セリアがデニスに対して抱く想いがきちんと彼に伝わっていない可能性はあるだろう。

そう思うと、先ほどのエイミーの台詞も、すとんと胸に落ち着いてきた。

たとえ、数日後にはデニスがこの館を離れるとしても。それ以降、彼と出会うことはないにしても。この想いをデニスに伝えたい。

ありがとう、あなたのおかげで前を向けそうだ、ということをちゃんと言いたい。

「……分かった。そうするわ」

「お、おおお！　頑張ってね！　私たち、応援しているから！」

「そ、そんなたいそうなものじゃないからね！　ただ単にこれまでのお礼を言って、思っていることを打ち明けるだけだから！」

「もしかしたらそれを聞いたデニスが、やっぱりこの館でセリアと一緒に生きていくって考えを変えるかもしれないものね！」

「そ、そんなことないわよ！」

（……でも）

洗濯物の山をエイミーに押しつけながら、セリアは思う。

（もし本当に、デニスが私と一緒に暮らすことを考えてくれるなら……すごく、嬉しい）

第4章　偽りの優しさ

館を去る前日、デニスは別れを惜しむ子どもたちにまとわりつかれていて、その相手をするので忙しそうだった。また一緒に仕事をした仲間である傭兵たちもあちこちにデニスを連れ回していて、彼の人気者っぷりがよく分かった。

そこでセリアは、子どもたちが寝静まった夜にデニスの部屋を訪ねることにした。

ここには、初めてデニスが来た日に部屋を案内した時しか訪れたことがない。同じ階に傭兵たちの部屋があるので、あちこちから盛大ないびきの音が聞こえる。

廊下の突き当たりが、デニスの部屋。ドアの見た目だけはセリアの部屋と同じなのに、まるでその木製のドアが玉座の間に続く扉であるかのように思われた。

(大丈夫、大丈夫よ、セリア)

セリアは数度深呼吸し、ドアをノックした。

「デニス……セリアよ。入ってもいい？」

だが、いくら待っても返事がないので、ノブを回してみた。鍵は掛かっていない。

(少し、中を覗くだけだから……)

自分に言い訳をしながら、セリアはそっとドアを押し開けた。

ベッドと最低限の家具があるだけの、デニスの部屋。そこには荷造りされた鞄があるだけで、部屋の主の姿はなかった。

「……あれ？」

ドアノブを掴んだ格好のまま、セリアは首を傾げた。確か、デニスは夕食の後ですぐに部屋に上がったはずだ。「明日に備えて早めに寝るよ」と言って。

返事がないのは寝入っているからだと思ったのに、彼の姿はない。

「……お手洗いかしら？」

そう思ってしばらくの間部屋の前で待ってみたが、彼が帰ってくる気配はない。階段を下りて捜してみたが、夕食以降彼の姿を見た者はいなかった。

（……どうしたのかしら）

念のため表に出て、夜間警備当番の傭兵に聞いてみた。だが、「館の正門は夕食の後すぐに施錠した。今日は夜に出入りする仲間はいない」とのことだった。

（それじゃあ、デニスはどこへ行ったのかしら……あっ）

庭を歩いていたセリアは、館の外壁沿いに細く延びる小道を目にしてぽんと手を打った。

あの小道を進んで館の裏手に回ると、裏口がある。正面玄関よりも貯蔵庫に近いので、食材を運んでもらう時などはこちらから出入りしているのだ。

（そういえば、男の人たちは夜に寝付けなかったら、町の酒場に行くって言っていたわ）

麓町には、夜中でも営業する酒場が一軒だけある。年老いたマスターが一人で経営しているそこは、傭兵たちの行きつけである。デニスも何度か彼らに連れて行かれたそうだから、最後の夜に酒を飲みに行ったのかもしれない。

きっとそうだ、と意気揚々と小道を歩き、セリアは裏口に向かった。

今日は、曇り空だ。いつぞやデニスと一緒に見上げた夜空のようなきらめきはなく、空全体が濁った色に染まっている。当然月光も差さないので、グリンヒルの草原全体が真っ暗で、夜風が丘を吹き抜ける音だけが虚しくこだましていた。

あまり心地よいとは言えない空気にぶるっと身を震わせたセリアは、ふと、人の話し声を耳にした。どうやら、裏口の陰に誰かがいるようだ。

（これは……デニスの声だわ）

きっとセリアの予想通り、麓町の酒場に行ってきたのだろう。

一緒にいるのは、男性のようだ。きっと傭兵の誰かだ。

（少しデニスと話したいことがあるから、ってことで、先に館に入ってもらおう）

「……ということですね。準備は万全です」

「ああ、出発は翌朝。ファリントンの各拠点を回りながら王都を目指すぞ」

デニスの声だ。セリアは裏口の方へ向かおうと、足を踏み出し――

「……もうじき悲願が達成できるな」

「はい。堕落しきったファリントンなんて、我が軍の敵ではありません」

——その姿勢のまま、動きを止めた。

「ああ。だが油断は禁物だ。確実に仕留めるからな」

デニスの淡々とした言葉に続き、セリアの知らない男性が「かしこまりました」と言う。

「エルヴィス王の首を取り、必ずや亡き陛下方の敵を討ちましょう」

（……エルヴィス様の、首を取る？）

ひやり、と胸の中を冷たいものが流れていく。

手足が震え、一瞬耳が遠くなる。

「そうだな。……十年間、実に長かった」

「はい。……！　ディートリヒ様、ご注意を！」

知らない男性が低い声で唸った、直後——

「いっ……きゃあっ⁉」

「貴様……話を聞いていたのか！」

門付近にいたセリアの前に巨大な壁が立ちはだかり、地面に引きずり倒されたかと思うと大きな手で口をふさがれてしまった。

（い、痛い！　痛いっ！）

男はセリアの動きを封じるため、セリアの腕を後ろに回して無理な方向に曲げてきている。悲鳴を上げることも許されずくぐもった声を上げるセリアに、冷静な声が降ってきた。

「……そこまでにしろ。相手は女性だ」

「しかし、ディートリヒ様。この女は我々の話を立ち聞きしておりました」

「ああ。連れて帰るぞ。ただ、手荒なことをするな」

(どうして)

腕は解放されたものの口をふさがれたまま、セリアは自分の前にいる人を見上げた。

夜の闇の中で色彩を失っている金色の髪に、今は漆黒に染まっている藍色の目。

いつも、セリアを助けてくれた人。セリアを励ましてくれた人。

(どうして、あなたが)

その人はセリアを見下ろし、眉間に皺を寄せて嘆息する。

「……どうして、こうなってしまったんだろうね」

デニスは、冷酷な眼差しでそう呟いた。

保存用に燻された肉のように、縄でぐるぐる巻きにされる。口には布を噛まされたので、喋ることはもちろん、舌を噛んで自害を試みることさえできない。

セリアを縛り上げた男とデニスは、何も言わずに夜の丘を下っていく。男に担がれているセリアは、丘の上の館の明かりがどんどん遠くなっていくのを見送ることしかできない。

（どうして、一体……なんで、デニスが――？）

混乱した頭のまま、セリアは麓町のはずれにある小屋に連れて行かれた。町の人から「あそこはずっと空き家だ」と教えてもらったことのある、廃屋のような場所だ。

先に男が入り、デニスも続く。その時セリアとデニスの視線がぶつかったが、彼は冷めた眼差しでセリアを一瞥するだけで、さっさと奥に進んでしまった。

小さな物置小屋だと思っていた室内は思いの外広く、デニスが薄暗い中手探りでドアを開けると、わずかに明かりがこぼれてきたようだ。

「おかえりなさいませ、ディートリヒ様……そ、その女は⁉」

部屋に集まっていた男たちはデニスを見て挨拶して、担がれてきたセリアを見て一斉に腰を上げた――ようだ。セリアは後ろ向きに担がれているので、声と音で判断するしかなかった。

「グリンヒルの館の女性だ。どうやら僕たちの話を聞いていたらしい」

感情のこもっていないデニスの説明に、室内にどよめきが広がる。

「聞かれていた、って……どうするんですか⁉」

「いっそ殺すしか……」

「おい、聞かれたといっても一般人だろう！」

「そうでもない。この女はこう見えて、元王城関係者だ」

デニスの言葉で男たちが気色ばんだのが分かり、彼らに尻を向けている状態のセリアはぎょっとした。

（デニス……私の正体をばらすつもり!?）

「ん、んー！」

「おい、黙っていろ女」

「なかなか元気があるだろう？　……彼女は、今噂になっているエルヴィスの元恋人。二年前に城を出た公爵の姪で、元筆頭聖奏師だ」

「聖奏師だと!?」

「まさか、前にディートリヒ様がおっしゃっていた……!?」

聖奏師、の名に男たちが驚きの声を上げる。彼らもまさか、ハムのようにぐるぐる巻きになって担がれてきた女が元とはいえ貴族の令嬢で、筆頭聖奏師だったなんて思わなかっただろう。

（何がしたいの、デニス……？）

セリアは限られた視界の中で辺りを窺おうと試みるが、セリアの前方には部屋の暗がりが広がるだけだった。男たちの様子を見ることもできない。

先ほどから、デニスは「ディートリヒ様」と呼ばれている。最初は別人のことかと思ったが、会話の流れからしてデニスを指しているということで間違いなさそうだ。

（ディートリヒは、グロスハイムの名前……。まさか、この人たちは——）

先ほどデニスと男の会話に出てきた、「ファリントンなんて敵ではない」「エルヴィス王の首を取る」「亡き陛下方の敵を討つ」「十年間長かった」という言葉。

そしてデニスの——おそらく本当の名前。

（この人たちは——デニスは、グロスハイムの人間——⁉）

今から十年前。当時第三王子で次期国王の座から遠かったエルヴィスは、グロスハイム王国侵略戦において見事な戦果を挙げた。国王夫妻と王太子や王女たちを処刑して幼い末王子のみを生かし、グロスハイム軍に投降を命じたのだ。

ファリントンとグロスハイムは長らく戦争を続けており、打倒グロスハイムはファリントンの長年の悲願であった。セリアも、「グロスハイムは滅びるべくして滅びたのだ」と教わってきたし、エルヴィスの行いが間違いだと思ったことはなかった。

だが、広い世界を知り——エルヴィスに棄てられたセリアは、はたして彼の行いが本当に正義だったのだろうかと疑問を抱きつつあった。

おそらくこの場に集まっているのは、グロスハイムの人間。デニスが「ディートリヒ様」と呼ばれていることからして、デニスはきっとグロスハイム生まれで——しかも、かなり身分が高かったのではないか。

ふいにセリアの体が回転して、男たちに顔を向けることになった。

その場にいたのは十名ほどの、二十代後半くらいの男性たち。部屋の中央にランプを置いており、その周りに飲み物や非常食があることから、夜食を食べながらデニスが帰ってくるのを待っていたというところだろうか。

セリアの体が床に着地し、手首と脚以外の縄が解かれる。最後に口に噛まされていた布も取り払われ、セリアは大きく息をついた後、自分の正面に座っているデニスをおそるおそる見上げた。

「……デニス」

「本当に、君には困らせられる。大人しくしていたなら、こんなことはしなかったのに」

デニスの言葉には、一切の温かさが感じられない。

反射的にびくっと身を震わせて俯いたセリアを見て、デニスの瞳が一瞬だけ揺れた。だが俯いていたセリアは気づかなかったし、デニスもすぐに調子を取り戻した。

彼はセリアを見下ろすような半眼で、気だるげに言う。

「……まあ、どうせこの後で君が騒いだって意味はないからね。旧知の仲である君とはいえ、僕たちの邪魔をするようなら、殺すよ」

——殺す。

そんな言葉をデニスの口から聞くなんて思っていなかったセリアは、ほろりと涙をこぼした。

それを見たデニスは一瞬目を見開くが、すぐに元の半眼になって嘆息する。

「……僕の本当の名は、デニスじゃない。グロスハイム王国のディートリヒだ」

「ディート、リヒ……」

「そうそう、ちゃんと言えたね。で、こっちにいる皆は僕の信頼する部下たちである、グロスハイムの騎士だ。皆、十年前に祖国を滅ぼしたファリントンが憎くて憎くて仕方がないんだよ」

「ひっ……！」

「ディートリヒ様、脅したいのか安心させたいのか分かりませんよ」

セリアを縛っていた男が呆れたように言う。彼はセリアが逃げ出さないようにするためか、セリアの後ろを陣取っていた。

(どうしてデニスが……いえ、とにかく状況を把握しないと)

何度も深呼吸しながらなけなしの勇気を振り絞り、努めて冷静に問いかけた。

「……一体どうしてこんなことをしているの、デニ――いえ、ディートリヒ」

「それ、言わなくちゃだめ？」

「だめ」

デニスはあぐらを掻いた膝の上に肘を乗せ、頬杖をついた格好でセリアを見つめてきた。

「……そう。じゃあ、教えてあげる。僕たちはね、ずっとずっと祖国奪還の機会を狙っていたんだよ。十年間、あの糞野郎のもとで媚びへつらい、ファリントンの腐った貴族どもにごまをする日々──今思い出しただけでも、反吐が出そうだ」

これまでのことを思い出したのか、デニスは顔をしかめて吐き捨てるように言う。

「時は満ちた。僕たちはこれからファリントン王都へ向けて進軍し、エルヴィスの首を刎ねる。そのためだけに十年間、平民としてファリントンで立ち回ってきたんだよ。知ってた？」

セリアの喉から、か細い声が上がる。粘っこい唾液が口内で絡まって、咳き込みそうになる。

（嘘、そんなの嘘。デニスがエルヴィス様の首を刎ねるなんて、そんなの──）

「……そんなの、信じられない。あなたはいつだって私に優しかったし、真面目な人だった。偉そうなお子様だった私を変えてくれたのは、あなたなのよ。それなのに、あなたがファリントンを憎んでいて、エルヴィス様を討つなんて──」

「そりゃあ、最初は目的があって君に近づいたんだからね」

「目的……？」

「そう」

甘く囁くデニスだが、その眼差しには一切の優しさが残っていない。

「ねえ、知ってた？　僕が君に近づいた理由は──」

──君の笑顔が好きだよ。

──笑顔でいてね。

セリアの脳裏で、デニスが笑い──

「──君を殺そうと思ったからなんだよ」

そして、ひびが入った。

ぽつん、とセリアの頬を伝った涙が、床に転がり落ちる。

静かに涙を流すセリアを、デニスは凍てつくような無表情で眺めていた。

「知ってる？　君の実家ランズベリー公爵家はね、十年前のグロスハイム侵略戦争でも積極的に支援したんだ。僕の両親やきょうだいを殺したのは、君の従兄。生き残っていた使用人が、そいつが落としたカフスボタンを持っていてね。調べたら、そこに彫られている家紋がファリントン王国ランズベリー公爵家のものだって、すぐに分かったよ」

「……デニスの、家族」

そう、確かにセリアの従兄は十年前、グロスハイム侵略戦争で手柄を立てたと言っていた。当時のことを武勇伝として語っていた彼によると、「ファリントンに反抗する貴族を殲滅した」そうだ。

おかげでランズベリー公爵家は、国王に即位したエルヴィスからいっそうの信頼を寄せられるようになった。その従兄は数年前に病死したが、戦争のことを鼻高々に語る従兄の顔が今でも鮮明に思い出される。

(ランズベリー公爵家が、デニスの家族を殺した――)

デニスは、感情の読めない顔で頷く。

「そう。両親も、姉も、まだ小さかった弟も、全員殺されたよ。……僕は、ファリントン王国への復讐を誓った。美しき祖国を蹂躙し、無抵抗の民を虐殺し、国民の助命を嘆願した陛下の首までも刎ねたこと――絶対に、許さない」

「……だから、私を殺そうとしたの?」

「最初はね。君を使って公爵家に復讐しようと思って君に近づいた。まあ、君は公爵たちから愛情を与えられていないっていうから、それは無意味だと気づいてやめたんだけどね」

デニスはセリアの顔を覗き込み、暗い眼差しで続ける。

「それに君はエルヴィスの周りをちょろちょろしていて、鬱陶しくて鬱陶しくてたまらなかったんだ。今のファリントンの様子を見れば分かるだろう? エルヴィスは、政治的手腕なんて持っていない。無抵抗の人間を虐殺し、あまつさえ呪術に手を染める外道だよ」

「じゅ――エルヴィス様が呪術を!? まさか――」

呪術は、精霊の宿敵である邪神の力をもとにした禁術だ。

（確かに、国王であるエルヴィス様なら呪術関連の書籍を読むこともできるけれど……）

デニスは、ゆっくり頷いた。

「本当さ。どうしてあいつがグロスハイム王家のうち、末王子だけ生かしたか知っている？　あいつは、今後グロスハイムがファリントンに逆らえないよう、『印』を残したんだ」

デニスの闇色の目に、炎が灯っている。

おそらくそれは、十年間掛けても消えることのない——むしろいっそう激しく燃えさかっている、憎しみの炎。

「そのおかげで、グロスハイムはエルヴィスに刃向かえなかった。——清廉潔白な若き王？　穏やかな名君？　——はっ、ばかばかしい。あんな虚飾に満ちた男でも国王としてやっていけたのは、君がいたからなのに」

「……私？」

「エルヴィスは、自分の無能っぷりを分かっていなかったみたいだけどね。身分があり、頭もよく、筆頭聖奏師として立ち回っている君がいてあれこれ口を出していたからこそ、あいつはまともにやっていけた。……だから、ファリントンを滅ぼそうと考えている僕にとっては、君は邪魔でしかなかったんだ」

「……私が、邪魔」

セリアは力なく復唱する。

デニスは、祖国を滅ぼし家族を惨殺したファリントン王国を憎んでいる。エルヴィスも、セリアの従兄も、ランズベリー公爵家も……セリアのことも。

セリアを見つめるデニスは、まるで睦言を囁いているかのように甘い声色で告げる。

「そう。君ときたらさ、聖奏師としての教えをきっちりかっちり守っている。おかげで隙は生まれないし、騎士たちの士気もいっこうに下がらない。おまけに貴族の身分もあるから、エルヴィスの行動に口を出すことができた。これじゃあまずいと思ったんだ。だから僕は、君の代わりにあの小娘を引っ張り出すことにしたんだよ」

「小娘……ミュリエルのこと？」

「そうそう。ミュリエルみたいな、ぶっ飛んだ正義感だけで動くだけの人形がいいんだよ。彼女、頭は悪いのにやたら発言力と周りへの影響力はあるからね。ちょうどいい時に来てくれたし、これならうまくいくと信じていた」

デニスにとって、セリアは邪魔だった。それは、セリアが優秀だったから。セリアが筆頭のままだったら、ファリントンに隙が生まれないから。

だからデニスは、セリアが落ちぶれ、ミュリエルが筆頭になればいいと思った。

（でも、そうなるためには避けて通れない道があったはず……）

「……そうだとしても、私がミュリエルに負けなかったら――」

言葉の途中で、セリアは息を呑む。

（まさか）

ある程度のことを察してしまったセリアを見つめ、デニスは細く長い息を吐き出した。

「……二年前、だね。君があんなガキに負けるわけないじゃないか。演奏、聖奏の力、座学、どれを取っても君が勝つ。そんなの火を見るよりも明らかだ」

「デニス、あなたまさか……」

「動物は、夜のうちに死骸と入れ替えた。筆記では、前日までに問題と解答欄の番号をずらしたものを作っておいた。初見演奏では、審査員の手元にある楽譜とはよく似ているけれど違う楽譜とすり替えた。そうでもしないと、君は負けないだろう？」

当たってほしくない予想が、確信へと変わった。

デニスはにっこりと笑う。

その笑顔は、セリアが大好きな彼の表情と全く同じで――

「もう分かった？　二年前の勝負で不正をして、君が負けるように仕向けたのは……僕だよ」

話を聞く、と宣言したからには覚悟していた。

それでも、デニスがセリアを殺したいほど憎んでいたこと、彼の行動には裏があったことなどを明かされ、胸が痛んでいた。これ以上痛み、壊れることなんてないと思ったのに。

「君に勝たれたら困る一心で、仲間と一緒に色々細工したんだけど、こうもうまくいくとはね。――準備は大変だったけれど、うまくいって本当に助かったよ」

……全て、偽りの優しさだった。

勉強するセリアを応援してくれたことも。落ちぶれ城を追い出されるセリアを慰めてくれたことも。二年ぶりに再会して、グリンヒルの館で見せてくれた色々な表情も。

そして、セリアの胸を温めてくれた微笑みや思いやりに満ちた言葉も。

（全部、嘘だったの――!?）

悲しみが、薄れてゆく。代わりに胸の奥から沸々と溢れてくるのは――

「君の聖弦をすり替えた時だってさ、疑問に思わなかったのかい？　偽物とはいえ、あんな短時間で聖弦のレプリカを作れるわけないじゃないか。僕は、君がミュリエルの軍門に降ることを拒否し、聖奏師としての身分を失うことだってちゃんと想定していた。だから前々から偽物を作って、持っていたんだよ」

「……デニスは」

「うん？」

「私を、騙していたの――？」

セリアは、顔を上げる。

デニスはセリアと視線の高さを合わせるように腰をかがめて、頷いた。

「そうだよ。たくさんたくさん……君を欺いてきたね」

「……そう。分かった」

「へえ、やっぱり君は物分かりがい――」

デニスの声は、そこで途切れた。

それまで険悪な眼差しでデニスを見上げていたセリアが、渾身の頭突きを彼の顔面にお見舞いしたからだった。後ろ手に縛られた状態で脚の筋肉だけを使って放った頭突きは、思いの外うまく決まったようだ。

まさかセリアが物理的攻撃を放ってくるとは思っていなかったらしく、鍛えられた体を持つデニスも低い呻き声を上げてふらつき尻餅をつく。それまで黙って成り行きを見守っていた男たちがさっと気色ばんで、立ち上がった。

「ディートリヒ様!?」

「女、ディートリヒ様に何を!?」

「こっ、これくらいで済むのなら可愛いものだと思ってよ!」

すぐさま背後にいた男に引きずり倒されたセリアだが、周りの男たちの放つ殺気に負けじと声を張り上げ、涙の浮かぶ目をつり上げて皆を睨み上げた。

デニスの顔面に頭突きを食らわした頭頂部が、じんじん痛む。

だがそれ以上に――心が、痛い。怒りに燃える目が、痛みを訴えるほど熱い。

「ずっとずっと、私を騙していたのね!? 勝ち目のない勝負に挑む私をあざ笑って、馬鹿にして! グリンヒルの皆も欺いて――!」

「……グリンヒルの皆は、関係ない」

男たちの手を振り払って立ち上がったデニスはそう言って、口元を拳で拭った。頭突きの衝撃で唇の端が切れたらしく、彼の手の甲に掠れた血が付いている。

「僕にとって、グリンヒルで過ごした日々は……いや、これはもういい。……二年間でずいぶん垢抜けたと思ったけれど、頭突きを食らわしてくるほどお転婆になったとはね」

そしてデニスは懐から時計を取り出し、「……もうこんな時間か」と呟く。

「皆は出発に向けて準備を進めろ。僕は予定通り、一旦館に戻って早朝にここで合流する」

「かしこまりました」

「ディートリヒ様、この女はどうしますか？」

セリアを押さえつけていた男が問うと、デニスは一瞬だけセリアに視線を向けただけで、ふいっと背を向けた。

「……全てが終わるまで、どこかに閉じこめておけ。一応、年頃の女性だからな。丁重に扱ってやれ」

「……デニスっ！」

「さよならだね、セリア。どうか、幸せにね」

渾身の力で叫んだセリアを振り返り見たデニス。

もう一度罵声でもぶつけてやろうと息を吸ったセリアだが――

（……え？）

セリアは目を見開き、吸ったばかりの息をそのまま吐き出した。

そうしていると、ふいに口元にタオルのようなものをあてがわれ、反射的に息を吸ってしまう。とたん広がるのは、甘ったるい薬の香り。

（こ、これは確か、なかなか寝付けない夜にエイミーたちが使っているっていう――薬と、同じ、におい……）

「効果覿面なの！」と薬の瓶片手に言うエイミーの顔が脳裏に蘇る。だがやがてその顔もぐるぐる渦巻く闇の中に溶け、セリアの意識は黒く塗りつぶされていった。

――セリア、今日も勉強頑張っているね。

――こんなところで泣いて、どうしたんだい？　…………そっか、辛かったね。

――聞いてよ、セリア！　今日の模擬試合でさ、いつも僕のことを田舎者って馬鹿にしてくる先輩に勝てたんだよ！

——セリア、グリンヒルはいいところだね。

——おやすみ、セリア。明日もよろしくね。

(デニス)

デニスが掛けてくれたたくさんの言葉が、怒濤の勢いで押し寄せ蘇ってくる。

デニスならセリアを理解してくれる。デニスなら分かってくれる。

(信じていた、信じていたの)

そんなデニスだから、セリアは彼のことが——

「……うん、分かった。まだ寝ているみたいだから、起きたら聞いてみるよ」

少年の声と、誰かの足音。ドアが開き、閉じる音。

セリアは寝返りを打った。そして、自室の枕とは全然違うふわふわの感触に違和感を抱く。

「……ああ、起きているみたいだね」

少年の声に、セリアははっとして飛び起きた。

ぼんやりしていた先ほどは、少年の声を耳にしても「館の子かな」くらいにしか思わなかった。だが、冷静になってみると知らない子の声である。

勢いよく飛び起きたため、上掛けが吹っ飛んでベッドから滑り落ちてしまった。ベッドサイドの椅子に座っていた少年が立ち上がり、「あーっ、もう！」と言いながら上掛けを拾う。

「朝から元気だね、お姉さん。おはよ」

「……え？　…………え？」

「私は誰、ここはどこ、って言いたそうな顔をしているね」

少年がからかうように言うが、自分の名前が分からないほど朦朧とはしていない、とセリアは少年を睨んでやった。

「……あなた、誰？」

「あれ、今の状況よりもおれのことが気になる？」

見知らぬ少年は上掛けを元に戻した後、椅子の上であぐらを掻いて座った。

短く刈り込んだ茶色の髪に、杏色の目。年は十代前半くらいだろうが、やはり館の子ではない。セリアの記憶では、麓町でも見かけたことはないはずだ。

「おれはパウル。お姉さんの世話係に任命されたんだ。昨日の晩からお姉さんはずっと寝てたからね」

「パウル……グロスハイムの名前ね」

「よく分かったね。お察しの通り、おれはグロスハイムの人間だ」

彼は自分の生まれに誇りがあるらしく、胸を張ってそう言った。

(グロスハイム……ああ、そうだったわ)

ずきずき痛み始めた側頭部に手のひらを当てて、セリアは嘆息する。

(昨夜の出来事は——夢じゃなかったのね)

ファリントン侵略を企てる者たち。彼らに「ディートリヒ様」と呼ばれていたデニス。

彼が告げた真実。

残酷な真実を耳にしたことで悲しみ、壊れかけていた心は皮肉なことに、デニスの裏切りを知ったことで怒りへと昇華し、セリアの感情を元通りにさせていた。

むしろ、昨夜よりも頭の中はすっきりしているくらいかもしれない。

「……デニスは、どこ?」

「ん？　……ああ、ディートリヒ様のことだね。ディートリヒ様たちは今朝早くに、王都に向けて出発したよ」

「……エルヴィス様を討つ、のよね」

「そうそう。ディートリヒ様は強いからね、うまくいくに決まってる。……あ、お姉さんはファリントンの人間だから、王様を助けたいって思ってる？」

尋ねられたセリアは、難しい顔で黙る。そんなセリアを見て、パウルは調子よく続けた。

「てかさ、ファリントンってわりともう終わっちゃってる感じじゃない？　おれも国内を見て回ったけどさぁ、王都はなんとか体裁を保っていたけど地方はそりゃあひどかったよ。このヴェステ地方とは比べものにならないくらいの、貧困具合だった」

「そんなになの……んんっ」

「ああ、喉が渇いているんだね。水と、あとご飯を持ってくるからひとまず休憩しよう」

パウルはそう言い、ドアの外に向かってきびきびと指示を出した。ドアの向こうにも人がいたらしく、しばらくして朝食と飲み物が運ばれてきた。先ほどからセリアの空腹を刺激している芳香の出所は、トレイの上で湯気を立てている野菜スープのようだ。

「はいどーぞ。毒なんて入っていないからね」

「……どうして？」

「ん？」

「どうして――デニスは私を殺さないの？」

サイドテーブルに置かれた朝食を見つめてセリアが掠れた声で問うと、パウルは困ったように眉根を寄せて、椅子の上でゆらゆらと左右に揺れ始めた。

「どうしてって……お姉さん、そんなに死にたいの？　だめだよ、長生きして人生を謳歌しないと」

「死に急いでいるわけじゃないの。でも……どうしてデニスが私を殺すより生かすことにしたのかが、納得できなくって」

疑問に感じるのは、それだけではない。

昨夜のデニスの告白は、セリアの心を壊すには十分だった。

だが――彼はどうして、身内のことやセリアを騙していたことなどを一切合切話してしまったのだろうか。セリアを軟禁するにしても、何も知らない状態の方が扱いやすかっただろうに。

（それに――去り際の、デニスの眼差し）

さよなら、とセリアに告げたデニスは――笑っていた。

悲しそうに、苦しそうに、今にも泣きそうな顔で、笑っていた。

どうしてそんな顔を――と問う前に、セリアは薬を嗅がされて気絶してしまった。

（デニスの意図が分からない）

パウルは椅子の上でゆらゆら揺れながら、唇を突き出して困ったような顔になる。

「……まあ、なんだっていいじゃん、生きているんだから。おれでよければ、暇な間のお喋り相手になってあげるよ。もちろん、軍の機密に関わることは言えないけどね。それにお姉さん、子ども好きなんだって？　それならおれが見張りになった方がお姉さんの気も楽だろう、ってことでディートリヒ様に命じられたんだよ」

だからご飯を食べてね、とパウルに言われて、しぶしぶセリアは匙を手に取った。

（また、疑問が増えたわ）

匂いに違わず美味なスープを堪能しながら、セリアは思考を巡らせる。

（デニスは、わざわざ子どもの見張りを私に付けた）

きっとこの建物にはパウル以外の見張りもいるのだろうが、セリアの身辺の世話を焼くのは十代前半の少年で、しかもお喋り相手にもなるという。

セリアを監視したいのならば、体格だけで威圧できて、なおかつセリアが暴れてもあっさり押さえつけられるような屈強な男を配置する方がいいはずなのに。

疑問は増えるばかりだが、「お喋り」が許されているならば、遠慮なく行動するべきだ。

「……質問、してもいい？」

「はいどーぞ」

「今は、デニスが出発した日の午前中よね？」

「うん、二時間ほど前にディートリヒ様は館を出て、麓町のはずれで待機していた仲間と一緒にヴェステ地方を出発した。もうじき、国境付近に駐屯している本隊と合流するはずだよ」

機密事項以外なら教えてくれるとのことだが、ここまであけすけに言われるとは。

セリアは偏頭痛を訴え始めた頭をこんこんと拳で叩きながら、質問を重ねる。

「それじゃあ、私のことはどうなっているの？　昨日の夜に館から姿を消しているってことになっているはずよ」

「ディートリヒ様がうまく説明したってさ。お姉さんはディートリヒ様と別れがたくなったから途中の地方都市まで一緒に行く、って設定になっているんだ。昨夜は、ディートリヒ様と一緒に夜の麓町でお泊まりしたってことだね。きゃっ！」

「なにそれ」

「まあまあ、細かいことはいいから。そういうわけで今後一ヶ月くらいお姉さんが帰らなくても、誰も心配しないから安心して」

色々突っ込みたいところがあるのだが、デニスはセリアがいないことに関しても館の者に根回ししているということだ。館からの助けを待つ、というのは不可能だろう。

気持ちを切り替え、ベッドから起き上がったセリアはパウルが差し出したバスケットからパンを取り、一口サイズに千切りながら問う。

「……そもそもデニス――いえ、本当の名前はディートリヒね。彼はどういう人なの？」

「ディートリヒ様は元々、グロスハイム王国名家のご子息なんだ。コンラート様と同い年で、一緒に勉強したり特訓したりして育ったそうだよ」

「コンラート様？」

「……ファリントンは十年前、グロスハイムを襲撃しただろう？　そして、国王陛下や王妃様、王太子殿下や王女様たちを見せしめのように惨殺した。唯一生き残った王族が、末子のコンラート様なんだ」

「……そういえば、エルヴィス様がコンラート王子に呪いを掛けたってデニスも言っていたわ。その呪いで、グロスハイムが絶対にファリントンに逆らえないようにさせられたんだとか」

あの時はたくさんの情報を与えられすぎて感情が追いつかなかったが、思い出すと朝食で満腹になった胃がきりきりと痛みだした。

呪い――呪術は、精霊と邪神が戦っていた太古から存在する。

邪神は、人間の欲望や醜い感情が生み出す邪念を好物としていて、そういった負の感情に反応し呪術という形で人に力を与えている――と、書物には記されている。精霊が聖弦を通して聖奏師に自分たちの力を発揮するのと、同じような理屈らしい。

目には見えないが、邪神は存在する。そして人がねじ曲がった欲望を抱いた時、邪神は呪術を貸し与えると言われている。

セリアは努めて冷静に尋ねる。

「コンラート王子に掛けられた呪いって……どういうものなの？　もしかしたら、私の聖奏で解呪できるかもしれないわ」

「んんー……コンラート様は元筆頭聖奏師だったっていう女の人に相談したけど、解けなかったらしいんだ。その人で無理だったなら、お姉さんでも無理でしょ」

「……そうなのね。呪いの特徴とかはある？」

「左胸に赤い痣があるんだ。どういう種類なのかは教えられないけどね」

セリアは目を細め、パウルを見つめた。

邪神の恵みとも言われる呪術のほとんどは、聖奏で癒すことができる。呪われた患者が現れた時に治癒するため、聖奏師たちは呪術に打ち勝つ聖奏も習得している。

そしてパウルは知らないだろうが、セリアは筆頭時代に呪術に関する書物を読んでいる。書物を読んだのは二年前だが、セリアの頭には各ページに書かれていた内容がしっかりと刻み込まれていた。

(左胸――心臓の上ね。ということは、王子の心臓に直接ダメージを与えるものだわ)

今までのやり取りで得た情報をもとに、セリアは頭の中の資料を素早くめくっていく。

心臓の動きを止めたり寿命を縮めたりする呪術も存在する。だが、エルヴィスは王子を呪うことで「グロスハイムが絶対にファリントンに逆らえないように」したという。

(普通なら、コンラート王子が死亡した後もグロスハイムを抑圧できるとは限らない。そして、普通呪術は術者が死亡すれば効果が消えるけれど、グロスハイムの刺客がファリントンに忍び込むことはなかった――)

もしかすると、グロスハイムはエルヴィスを「殺せない」のではないか。

だからこそ、ファリントンは十年間グロスハイムを抑圧できたのではないか。

(……筆頭聖奏師でも解呪が難しいということは、もしかして『禁書』関連の呪術――?)

セリアの脳内資料が、あるページを開く。そのページは他と違って紙が薄紫色に染められており、おどろおどろしい雰囲気が漂っていた。そこに記されていたのは――

「……『禁書』呪術・第十三項」

それまで沈黙していたセリアが喋り始めたからか、パウルが怪訝な顔で見つめてきた。

セリアはパウルの杏色の目をしっかり見つめて、続ける。

「術者は被術者の心臓付近に、赤褐色の紋章を施す。これにより、被術者の心臓の活動は術者のそれと共鳴する。……つまり、コンラート王子の心臓はエルヴィス様の心臓と直結することになる」

パウルは身動きしない。だが、その目が限界まで開かれたのをセリアは確認した。

「――エルヴィス様が何らかの理由で死ねば、コンラート王子も死亡する。……だからグロスハイムはファリントンに逆らえなかったのでしょう？　刺客を送り込んでエルヴィス様を殺害しても、コンラート王子を救うことはできない。国民がコンラート王子の助命を願う限りは、エルヴィス様を討つことができない――そうじゃない？」

「……おれは、知らない」

パウルは小声で吐き捨てるが、その顔は青い。図星のようだ。

まだ若い少年に酷なことをしてしまったことに罪悪感を抱きながらも、セリアは確信を持つ。

(もし呪いがこれなら、資料に書かれていた特徴とデニスやパウルの話が一致する)

だが、これが真実ならばひとつ食い違いが発生してしまう。

(コンラート王子を生かしたいのなら、エルヴィス様を討ってはならない。それなのに今、デニスはグロスハイム軍と合流して王都に向かって進軍している——)

「十年間長かった」というのは、この機会をずっと待っていた、という意味だろう。

(私の記憶が間違っているのかしら。だとすれば、コンラート王子に施されたのは別の呪術だけど、筆頭聖奏師でも癒せないものなんて、そうそうないはず——)

パウルは居心地が悪くなったのか、セリアに背を向けてしまった。セリアはパウルの小さな背中を見つめながら、眉間に皺を寄せて考え込む。

今こうしている間も、デニスたちは王都に向かって駒を進めているのだ。

(考えないと。このまま、全てが終わるまで軟禁されるなんて嫌だ——あれ？)

またひとつ、疑問が増えた。

(デニスは、「全てが終わるまで」は私をここに閉じこめるようにと命じていた。つまり、目標を達成したら私を解放しても構わないの？)

普通なら、エルヴィスを討った後に自分の立場が悪くなるような事情を知っている女を生かしたりはしないはずなのに。

そこでふと、セリアはある可能性に気づいた。

十年前、デニス——ディートリヒはコンラート王子と仲がよく、一緒に育った。

十年前、エルヴィスはコンラート王子に呪いを掛けた。呪いを解く方法は、現在のところ見つかっていない。

エルヴィスが死ねばコンラートも死んでしまうはずなのに、デニスはエルヴィスを討ちに行っている。

デニスは「鬱陶しい」と言っていたセリアに、様々なことを教えた。

デニスはセリアを軟禁し、「全てが終わったら」解放するつもりでいる可能性が高い。

(まさか)

——僕、見習い時代に手ひどい歓迎を受けたことがあって。肌、あまり子どもたちに見せられる状態じゃないんだ。

記憶の中のデニスが、笑った。

間章　宿命の貴公子

ファリントン王国の東の国境付近にある、グロスハイム軍の駐屯地にて。

ディートリヒは腕を組み、辺りを見回した。

彼がグリンヒルの館で過ごしている間にグロスハイム軍は国境戦で見事勝利し、敗走するファリントン軍を追討する形でファリントン王国内に軍を進めた。

ディートリヒは、国境戦がもう少し長引くと予想していた。だがグロスハイム軍にとってはありがたいことにあっけなく決着がつき、軍の消耗も最小限に抑えられた――と、国境戦を指揮した将軍が報告した。

（十年前のグロスハイム侵略戦争とは比べものにならないくらいの弱体ぶり、か。エルヴィスの実力不足はもちろん、ミュリエルたちに頼りきっているというのも敗因のひとつだろうな）

藍色の目を細めて駐屯地を見渡していたディートリヒのもとに、グロスハイム王国の紋章入りマントを纏った騎士がやってきた。

「ディートリヒ様。コンラート様のご準備が整いましたので、天幕までご案内します」

「頼む。……コンラート様は、お元気か？」

「はい。コンラート様も、ディートリヒ様にお会いできることを楽しみにしていらっしゃいます」

「それは嬉しいことだな」

敬愛する主君の名を聞き、ディートリヒの強ばっていた頬がほんの少し緩まる。

ディートリヒは騎士について駐屯地を歩き、コンラートの待つ天幕まで向かった。

道中、野営の準備をしている者たちの脇を通った。彼らはディートリヒを見ると作業の手を止めて、「おかえりなさいませ、ディートリヒ様」「ご帰還をお待ちしておりました！」と元気よく挨拶をしてきた。

（グリンヒルの館と、どことなく似ているな）

そう思ったディートリヒは、はっと息を呑んだ。そして、胸の奥から沸き上がってきた温かい記憶を振り払うように首を振ってから、騎士が手で示した天幕の垂れ布をめくった。

天幕の中は薄暗いが、中央に座る青年の周りだけ微かな光が溢れているように、ディートリヒには感じられた。それくらい、彼の主君は神々しいのだ。

「ディートリヒ、ただ今戻りました」

「よく戻った、ディートリヒ。君が無事なようで、何よりだよ」

天幕の主——グロスハイム王国王子・コンラートは立ち上がり、ディートリヒとかたい握手を交わした。子どもの頃は、「コンラート様とディートリヒはよく似ていて、兄弟みたいですね」と言われたものだが、成長するにつれて差ははっきりしてきた。

どちらも金色の髪に青系統の目を持っているが、全体的にディートリヒよりもコンラートの方が色彩が薄めだった。肌の色も、騎士として十年間ファリントンに潜り込んでいたディートリヒと違って、なかなか外出できない身であるコンラートは青白い。そんな彼が心おきなく太陽の下を歩ける時代が、間もなく訪れるはずだ。

「国境戦におきましては、コンラート様の指揮あってこその大勝利だと伺っております」

コンラートに勧められて椅子に座ったディートリヒがそう言うと、王子は首を横に振った。

「何を言うか。確かに私や将軍が指揮官を務めたが、実際に戦ったのは騎士たちだ。それに——ファリントンの弱体ぶりは、私たちの予想以上だった」

「はい。その原因は、エルヴィス王だけではないと思っております」

「筆頭聖奏師のことだね」

そこでコンラートはふっと表情を暗くし、気遣わしげにディートリヒの顔を見つめた。

「……君が十年間、ファリントンでどのように生活してきたのかは私も聞いている。二年前に、それまで懇意にしていた筆頭聖奏師を城から追い出したのだろう」

「……はい。彼女はあまりにも優秀で、しかも——後に分かったことですが、筆頭の座を退いた後はエルヴィスの妃になる予定だったそうです」

「なるほど……もしそうなれば、もっと厄介なことになっていたな」

「私もそう思いました。次期王妃候補だったということは抜きにしてでも、彼女を筆頭から引きずり下ろさなくてはならなかったのです」

「そうして優秀な聖奏師が去り、私たちにとっては都合のいい聖奏師が筆頭になったことでファリントン軍の士気も落ちた、ということだね」

グロスハイムにとっては喜ばしい流れではあるが、晴れない表情でコンラートは言う。

「……君のもとにこの情報が行っているかは分からないが、国境戦の敵軍には聖奏師の姿があった」

「……やはり、駆り出されたのですね。彼女らはどうなりましたか？」

「密偵の報告によれば、自軍が劣勢になるとファリントン軍は無理矢理聖奏師たちに傷を癒させた後、負傷した彼女らを見捨てて自分たちはさっさと逃げてしまったそうだ。彼女らを我々が発見したときには、全員既に息がなかったという」

「……なんということを――！」

ディートリヒは、言葉を失った。

グロスハイムを脱出したディートリヒは、両親の知人である養父母のもとに身を寄せて養子になり、デニスの名を与えられた。その後、養父母の理解を得て騎士として王城に足を踏み入れ、同じ志を抱いて潜入していた仲間と共に活動を始めた。

だが王城はまさに魔の巣窟で、平民のディートリヒは貴族たちにこれでもかというほど虐められた。

それでも、祖国のため、という目標がなかったなら早々に逃げ出していただろう。

それでも、そんな汚れきった世界にも清純な花は咲いていた。筆頭率いる聖奏師の少女たちは、古くからの教えを守り、権力に屈せず、己の役目を果たすべく職務に励んでいた。

そんな彼女らは、ディートリヒから見ても好ましい女性たちが多かった。

とりわけ、セリアだ。二年前のセリアは物言いこそ子どもの頃の面影が残っておりやや尊大で、結構頻繁に部下を叱り飛ばしていたが。

それでも、彼女は美しかった。どんな攻撃にも屈せず部下を守り育て、どうしても辛い時にはひっそりと泣いて翌日には立ち直る。そんなセリアを、デニスは眩しく思っていた。

セリアは、残してきた元部下たちのことを案じていたようだが――

(助けてやれなかったか……)

これが、エルヴィスの――そしてミュリエルの方針なのだろうか。

ミュリエルは、自分の部下が戦場に捨て置かれても何とも思わないのか。

黙ってしまったディートリヒを見て、コンラートは静かに告げた。

「彼女らの死は非常に痛ましいことだが、君が責任を感じることではない。……確かに、筆頭が代替わりするように仕組んだのは君だ。だが、そうでなくてもファリントンは弱っていた。それに、準備が整ったのだからこれ以上グロスハイムの民(たみ)を困窮(こんきゅう)させるわけにはいかない」

「はい、もちろんです」

ディートリヒは顔を上げて、重々しい口調で告げた。

「コンラート様、私はお役目を果たして参ります。コンラート様は予定通り、王都進軍までご同行ください。その後は、本陣(ほんじん)にて吉報(きっぽう)を待ってくだされば」

「……私は正直なところ、この作戦にまだ納得(なっとく)がいかない。確かに祖国奪還(だっかん)のためには最有力な方法だが、そうすれば君は――」

「私がどうなっても、殿下(でんか)がグロスハイム王国をよく治めてくださるでしょう」

無礼を承知で、ディートリヒはコンラートの言葉を遮(さえぎ)った。

そして、いつもグリンヒルの館の子どもたちに向けていた笑(え)みを浮(う)かべる。

「必ずや、エルヴィスを討(う)ち取ります。……この命に代えても」

コンラートたちとも合流したため、ディートリヒはいよいよ王都ルシアンナに向けて軍を進めていった。国境戦までは別の将軍が行軍指揮を執(と)っていたが、これからはディートリヒが戦(いくさ)の中心となる。

王都に向かう道中で、グロスハイム軍は数度ファリントン軍と交戦した。だがどれも敵の敗走によって戦いは終わり、ディートリヒが剣を振るう機会はほとんどなかった。

「先ほど捕らえたファリントン軍の者によると、やはり今のファリントンは、聖奏師に頼りきりになっているそうだ」

正午、小川の流れる平野で休憩している時、コンラートがそう言った。

「君と合流してからここまでの間、我々は四回ファリントン軍を迎え撃った。しかしいずれも、国境戦ほどの手応えすらなかった」

「国境戦には聖奏師が同行していたから、多少は踏ん張れたのですね」

そう答えたディートリヒはふと、国境戦で死亡した聖奏師たちのことを思い出す。いずれも、十代半ばくらいの少女ばかりだったという。

軍人ならともかく、無理矢理駆り出された非戦闘員である聖奏師の遺体を無下にするわけにもいかなかったようで、グロスハイム軍は彼女らの身分が証明されそうなものだけを預かり、その骸は草原に埋葬したそうだ。

彼女らの遺品は、ディートリヒが預かっている。それらは名前入りの身分証で、プレートに彫られているのはどれも、セリアから聞いた覚えのある名前だった。

王都に行けば、他の聖奏師にも会えるはず。既に騎士団を退いているディートリヒが聖奏師たちに会えるかは分からないとしても、エルヴィスを討つ前にどうにかして彼女らと接触し、死亡した仲間の身分証を渡したいところだ。

「そのようだ。今回の戦いにはいずれも、聖奏師の姿がなかった。つまり、負傷したらそれまで。だから、怪我をする前に逃げてしまったんだろうね」

「聖奏師に頼りきりになる前なら、国のためにと戦えたはずですね」

（まさに、セリアが危惧した通りになったのか……）

聖奏の力に縋りすぎると、人間が本来持っている闘志や抵抗力を弱めてしまう。「聖奏さえあればなんとかなる」という自信は裏を返せば、「聖奏がないのならどうしようもない」という不安をかき立てることになるのだ。

ファリントン軍は、セリアを失ったことで瓦解した。

ここ二年ですっかり弱体化したファリントン軍は、もはや戦う意思も見せていないのだった。

ルシアンナに到着する前に、ディートリヒたちは町や村に立ち寄った。そこで気になったのが、グロスハイム王国の国旗を掲げるディートリヒたちを前にしたファリントン国民の反応である。

中には、ディートリヒたちを敵視する者もいた。石を投げてきて、侵略者たちを追い払おうとする。そういう対応をされたら、大人しく引き下がることにした。

だがほとんどの地域は、「こうなったら、グロスハイムでもいいから助けてほしい」という状況だった。

貧困にあえぎ、王都からの支援も届かず、必死の思いで送った嘆願書も無視される。そんな扱いを受けた人々の中には、「今の王政を倒してくれるのなら」と、宿や食料を積極的に提供してくれる者もいるくらいだった。

「私は、ディートリヒがエルヴィスを討った後はファリントン全土も治めるつもりだ」

町人たちが進んで貸してくれた宿で休憩している時、コンラートが言った。

「……昔は、ファリントン全土を焼け野原にするつもりでしたね」

「そういえばそんなことも約束したっけ。でも、私たちの考えを変えたのは君じゃないか」

コンラートは目を細めて、向かいの席で茶を飲むディートリヒを見つめた。

「十年間で、君は変わったんだね。討つのは国王や腐敗貴族だけにして、罪のない国民たちには恩を売って助命してやるべきだって言い出したんだっけ」

「そう……ですね。王侯貴族は腐りきっていますが、国民に罪があるわけではない。グロスハイムを襲ったのもごく一部の上層部の人間だけで、大半の国民にとっては全く関係のない話だと気づくと……非情になりきれなくて」

十年間、長かった。だが今思い返せば、ディートリヒは変わったのだ。

（一番影響が大きかったのは、やはりセリアだな）

最初見かけた時は、「公爵家のお姫様」を絵に描いたような、可愛らしくて賢いけれど高飛車で偉そうな子だと思った。

セリアがランズベリー公爵の姪——自分の家族を惨殺した男の従妹だと知ったディートリヒは、復讐に利用してやろうと積極的に彼女に話しかけるようになった。

だが、最初の頃こそ「近寄るな平民！」「わたくしにたてつくつもり!?」と喚いていた少女はやがて、態度を和らげるようになった。無理矢理貼り付けていたかのような「お嬢様」の仮面を外し、年頃の少女の顔を見せてくれるようになった。

「……君にとって、例の筆頭聖奏師の存在はとても大きかったのだね」

穏やかな眼差しを向けてくるコンラートに、ディートリヒは静かに頷いた。

家族を殺された直後は、ファリントンへ復讐すること以外考えていなかった。だが一度ファリントン王国へ冷静な眼差しを向けると、そこには戦争も侵略も関係なく、毎日平和な生活を送ることに幸福を感じている人たちがいることに気づいた。そしてセリアはあの糞公爵の姪ではあるが彼女自身には何の罪もないことに、ようやく気づいたのだ。

修行を終えて帰ってきた十六歳のセリアが筆頭聖奏師になった時には、心底焦った。口では彼女の昇進を祝福しながらも、「これはまずい」と思っていた。

このまま侵略戦争を仕掛ければ、セリアは間違いなくエルヴィスの味方に付く。真っ直ぐな彼女のことだから、最期までエルヴィスに付き従うだろう。

どうすれば、うまく戦争を仕掛けられるか。

同時にどうすれば、セリアを王都から逃がしてあげられるか。

迷い、戸惑い、躊躇った末に、デニスは不正に手を染めた。

セリアを無事に逃がすためには、「殺すほどの価値もない」と皆に思わせなければならない。中途半端なことをすれば、「いっそ殺してしまおう」と命を狙われてしまう。

セリアは、ミュリエルよりも格下である。そんなセリアを放逐しても、ファリントンにとって損にはならない。――そういう環境を作らなければならなかった。

一生懸命勉強するセリアの姿を見ていると、己がしでかそうとすることの罪悪感で吐きそうになった。だが、一度決めたからには曲げることはできない。

そうしてディートリヒは、セリアに嘘をつき、騙し、残酷に追いつめていったのだ。

「……私の都合を聞き入れてくださり、ありがとうございました」

「何を言うか。事実、君の提案した作戦によってグロスハイム軍もファリントン国民も被害は最小限に抑えられている。ヴェステ地方に寄ったというのも――最後に、彼女に会いたかったのだろう？」

（コンラート様のおっしゃる通りだ）

セリアに会いたかったから。その声を聞きたかったから。……好きな女の子に、最後に一目会いたかったから。死地に赴く前に、ディートリヒはグリンヒルに立ち寄った。

本当は、彼女との関係はきれいなままでありたかった。あの時立ち聞きされていなかったら、彼女の記憶の中の自分は、ずっと美しいままでいられたのに。

だが、聞かれたからには退けなかった。

「きれいなまま」ではいられないと悟ったディートリヒが取ったのは――「突き放す」という道だった。

もうディートリヒとの関係が美しいものでいられないのならばいっそのこと、とことんまで黒く塗りつぶしてしまえばいい。セリアの中でのディートリヒは、最低最悪の糞野郎になってしまえばいい。

（そういえば……麓町の肉屋の青年。彼はなかなか誠実そうだったな。彼なら僕と違い、セリアを慰め、寄り添い、幸せにしてやれるだろう）

ディートリヒは、自分の都合にセリアを巻き込んだ。

最初からグリンヒルに寄らなければ、セリアを傷つけることもなかったのに。恋心を抑えつけられなくなった結果、グリンヒルを訪れ、マザーの言葉に甘え、セリアの信頼を得た結果、傷つけてしまった。

そんなディートリヒには、セリアを幸せにする資格がない。

（それに、どうせ僕は――）

「……君が生きているなら、それでいいんだ。それが、僕の願いだから」

ディートリヒは、窓の外で輝く星空に向かってそう呟く。

コンラートはそんな臣下を、物憂げな眼差しで見守っていた。

グロスハイム軍と合流して、約一ヶ月。

各地で遭遇したファリントン軍を撃退し、近隣住民の理解を得ながら進軍したディートリヒたちはついに、王都ルシアンナに到着した。

(久しぶりの王都……か)

王都が見下ろせる小高い丘の上に立ち、ディートリヒは目を細めた。十年間暮らした場所だが、何の感情も湧いてこない。

(それも当然か。僕にとっての故郷は、グロスハイムだけだ)

そう思った瞬間、緑の丘で過ごした一ヶ月間のことが思い出されそうになり、ディートリヒは舌打ちして瞑目する。

(あれは、ほんのひとときの幻のような時間だった。……忘れないといけない)

もう、自分があの温かい場所に戻ることはなくて——ましてやグリンヒルどころか、ディートリヒは生まれ故郷に戻ることすら叶わないのだ。

ディートリヒがデニスとして、十年間過ごした城。

(ここが、僕の墓場になる)


王都だけあり、各地方の砦とは比べものにならないくらい警備を厳重にしているようだ。

「いかがなさいますか、コンラート様、ディートリヒ様」

王都の状況を報告した斥候に問われて、コンラートは隣に座るディートリヒを見やった。

「……王城は王都の中央にある。門は東西南北四カ所にあるようだけど、王城に突撃するならどの門を使うにしても、市街地戦を覚悟しなければならないね」

「そうですね。……コンラート様には王都の外で待機していただきます。私が突撃部隊長となってファリントン軍を蹴散らし、王城まで進軍します。コンラート様には、市民への呼びかけをお願いします」

十年間暮らしていただけあり、ディートリヒは他の者よりも王都に詳しい。騎士団の連中は地味な市街地警備の仕事を嫌っており、面倒だからとディートリヒに押しつけていた。きっと皆は、ディートリヒは嫌な仕事でも受け付けてくれると楽観的に考えていただろう。

だが、ディートリヒとてそこまでお人好しではない。市街地警備を重ねることで王都の造りを把握し、この道は軍馬が通れるか、退路に使えるか、曲がり角が多すぎないかと、来る日のために準備を重ねてきたのだ。

「ファリントン軍は、グロスハイム軍に自軍の元騎士がいることを知らないでしょう。私の経験から、突破口には東門を推奨いたします」

「東……ですか。私が見た限りでは、四つの門の中でも最も頑強そうに思われましたが」

斥候の意見に、ディートリヒは頷いた。

「そう見えるだけだ。だが実のところ門の修繕費まで資金が回っていなくて、見た目だけなら立派な東門は常に後回しにされていたんだ。見た目こそでかくて立派だが、重装騎馬兵隊で突撃すれば突破できるはずだ」

「……内情を知っているからこそ、分かることだね」

コンラートは満足そうに頷き、東門突破の方針を皆に告げた。

グロスハイム軍は一旦、王都の南側に陣を張った。

「ファリントン軍も、兵力を南部に集中させている模様です」

斥候の報告に、ディートリヒは頷いた。

もちろん、南部に陣を張っているのはフェイクだ。南門から突破すると見せかけた騎馬兵は一気に東側まで回り、警備が手薄になっている東門を突破する。

ディートリヒを隊長とする突撃部隊はそのまま王城へ突き進み、遊撃隊が東門付近でフファリントン兵を迎え撃つ。コンラートの護衛も兼ねた後方部隊は東門から少し離れた場所で足を止め、王都から逃げ出してきた市民などがいれば迎え入れるようにする。

「……君と行動を共にできるのも、ここまでだね」

コンラートに声を掛けられて、ディートリヒは馬上で振り返った。

王子とは思えないほど地味な装いのコンラートはディートリヒと視線をぶつけると、寂しそうに微笑んだ。

「グロスハイムで君と共に過ごした十年間、そして君がファリントンで過ごしていた十年間。君がいてくれたからこそ、私たちはここまでやってこられた」

「何をおっしゃいますか。私たちが祖国奪還のために動いてこられたのは、コンラート様の存在があってこそです」

そう言ってディートリヒは笑う。

主君とは対照的に、本日の彼はきらきらしい衣装を纏っていた。白銀の鎧に、深紅のマント。左腕に装備した盾には、グロスハイム王家の紋章が刻まれている。

「コンラート様、どうかグロスハイムを——そしてファリントンを、よろしくお願いします」

「ディートリヒ——」

「あなたの友であり、臣下でいられたことを、誇りに思います。……ご武運を」

その一言で、コンラートはディートリヒの決意を聞き届けたようだ。

彼は悲しそうな笑顔を引っ込め、重々しく頷いた。

「……ああ。国のことは任せてくれ、ディートリヒ——いや、コンラート王子」


昼過ぎに、王都の南側に陣を張っていたグロスハイム軍が動きを見せた。

ファリントン軍は最初、南門の向こう側でほくそ笑んでいた。南門は外見こそやや貧相だが、頑丈な鉄板で裏打ちされている。何も知らないグロスハイム軍は門を突破できずに歯がみし、そうしている間にファリントン軍の攻撃を受けるのだ。

だが、どうしたことか。南門直前でグロスハイム軍は急に進路を変え、東門の方角へと疾走していくではないか。王城付近の高い城壁は防御には向いているが、敵情視察には向かない。見張りが異変を告げたが、手遅れだ。

ファリントン軍が慌てて東門へと移動している間に、グロスハイムの重装騎馬兵隊が突撃してくる。騎馬部隊は騎士の鎧にも馬にも刺付きの装甲を取り付けており、見た目のわりに脆弱な東門は何度も体当たりされた結果、錠前が吹っ飛んでグロスハイム軍の侵入を許してしまった。

「全軍、王都東へ！」

「コンラート王子を討て！」

案の定ファリントン軍は、ひときわ目立つ見目でグロスハイム王家の紋章入りの盾を装備しているディートリヒを見て、コンラートだと勘違いしたようだ。

（いや、勘違いではない。僕は、コンラート王子だ）

ディートリヒは兜の下で薄く笑い、声を張り上げる。

「グロスハイムの同胞たちよ！　悪の国王を討つために、いざ参らん！」

ディートリヒの声を受けて、グロスハイム軍が地鳴りのような鬨の声を上げる。

ファリントン軍は、十年間大人しく従属していたグロスハイム軍がこれほどまでの豹変を見せるとは思っていなかったことだろう。

だが、グロスハイムは弱っていたのではない。反撃の時が来るまで、ひたすら堪え忍んでいただけなのだ。

（僕は王子。グロスハイムのコンラート王子だ）

全ては、美しき祖国のために。そして、後方部隊で待機するコンラートのために。

東門から王城への道筋は頭の中にしっかり叩き込まれている。

「全軍、次の十字路を北へ曲がれ！」

ディートリヒの号令で、グロスハイム軍は大通りから一本はずれた道を疾走する。十字路の先で待ちかまえていたファリントン軍の驚き戸惑った様子が、ちらりと見えた。

一見、この大通りを真っ直ぐ西に進めば王城に到着すると考えられる。現に王城の姿はもう目の前にあるのだから。

だが、この大通りを西に行けば結果として大回りになってしまうことを、ディートリヒは知っていた。この先には古い教会があり、王城に行くには教会を迂回しなければならない。そうして迂回路を進めば進むほど王城から離れていってしまう、という造りをしているのだ。

大通りを北上したことで王城から遠ざかったと思われるのは一瞬のことで、先ほどよりは細い道ではあるが確実に王城までの距離は狭まっている。

兜の下で、ディートリヒが微かな笑みを浮かべた——直後。

突如、目の前の大通りに真っ赤な炎が立ち上った。

先頭を走っていたディートリヒはぎょっとして馬を止め、いきなり目の前で炎が炸裂したため驚き嘶く馬を必死でなだめた。

「ちっ……！　なんだ、この炎は——!?」

「油の臭いもしなかったのに……これも、ファリントン軍の仕業ですか!?」

同じように足を止めた騎士たちも、呆然として目の前に燃え広がる炎を見つめていた。

目の前の炎の壁は、馬上のディートリヒたちが見上げなければならないほどの高さまで燃え上がっていた。炎の色はやけに赤っぽくて、辺りの家屋を巻き込みながら炎上しているというのに煙すら立てない。それなのに、ここまで届いてくる熱は普通の炎以上だ。

――突如響いた甲高い悲鳴に、ディートリヒははっとして顔を上げた。深紅の炎の中で、動く者の気配がする。

「……人がいる!?」

「なりません、ディー――コンラート様！」

「……分かっている！」

ディートリヒは歯がみし、どんどん広がってゆく火炎と、呑み込まれる家屋、そして巻き込まれた市民の悲鳴から逃れるように馬の向きを変える。

（これは、普通の火炎じゃない。さては――呪術か!?）

ディートリヒとて、呪術に精通しているわけではない。だが、禁書を読むことができて、十年前に忌ま忌ましい呪いを施したエルヴィスならば――

（国民がどうなってもいいというのか！）

蹄の音を耳にして、ディートリヒは振り返る。ファリントン兵を撒いたと思ったのだが、後方から迫ってくる姿が見えた。このままでは、火炎とファリントン軍に挟み撃ちにされる。

「いかがなさいますか、コンラート様！」

騎士に問われたディートリヒは、舌打ちして手綱を引き寄せた。

「……この炎は、おそらく呪術だ。邪神の炎を消す方法は、我々にはない。……衝突は回避したかったが、仕方ない。ファリントン軍を迎え討――」

その時。炎に包まれる市街地に、不思議な音色が響き渡った。

甘く優しい旋律が空を震わせ、得体の知れぬ炎に戸惑っていたグロスハイム軍を困惑させ、近くまで迫ってきていたファリントン軍を驚愕させる。

(この音は――)

部下たちは音の正体が分からず戸惑っているようだが、ディートリヒには分かった。

「……コンラート様！　炎が！」

騎士に促されて振り返ると、先ほどまですさまじい勢いで町を侵食していた炎が悶え、ぷすぷすと情けない音を立て、徐々に縮んでいっていた。

あっという間に炎は消え去り、真っ黒に焼け焦げた地面が露わになる。

その道の先にいるのは――白いローブ姿で竪琴を構えた、女性たち。

「……聖奏師？　聖奏師が、炎を消したのか!?」

「まさか、聖奏師はファリントン軍所属だろう!?」

騎士たちがどよめく中、ディートリヒは素早く指示を飛ばした。

「……グロスハイム軍よ、ファリントン軍を掃討しつつ、王城へ！　聖奏師の女性たちを全員保護しろ！」

戸惑っていたグロスハイム軍だが、ディートリヒの指示を受けて素早く動いた。

まず、三分の一の部隊がその場に留まってファリントン軍に向き直る。ファリントン軍も聖奏師たちが裏切ったことに気づいたようで、「裏切り者め！」「聖奏師も殺せ！」と怒鳴っている。

そして残りの者たちはディートリヒに続いて、焦土と化した道を駆ける。途中、焼け焦げた家屋だけでなく犠牲者の姿も見え、ディートリヒは唇を嚙みしめた。

道の先には、聖弦を抱えた四人の少女たちがいた。彼女らは迫ってくるグロスハイム軍を見て腰を抜かしてしまったようで、互いに抱き合って震えている。

ディートリヒは、聖奏師たちの前で馬を止めた。

「あなたたちは、聖奏師団の者だな」

「ひぃっ！」

「お、お助けを！」

「命だけは、お願いします！」

少女たちは高みから男たちに見下ろされ、泣きじゃくっていた。一人は既に失神しているらしく、仲間に抱きかかえられている。

ディートリヒは数秒だけ躊躇った末に、兜を脱いだ。

「……邪神の炎を打ち消したのは、あなたたちだな。助けてくれて、ありがとう」

「え？」

「……デニスさん？」

ぽかんとしていた少女たちの中に、ディートリヒの名を呼ぶ者がいた。どうやら、ディートリヒ――デニスの顔に見覚えがあったようだ。

ディートリヒは頷き、王城の方を手で示す。

「……あなたたちは国を裏切ったことになる。ここにいては、ファリントン軍に始末されるだけだ。決して手荒なことはしないと約束するので、我々に同行してほしい」

「そんな……」

聖奏師たちは迷っているようだ。だがこうしている間にも、ファリントン軍を迎え撃っている自軍の消耗は激しくなる。

（彼女らは、セリアが大切に思っていた者たちだ）

彼女らを見殺しにはしたくない。ディートリヒは兜を被り直し、思い切って言った。

「セリアが、あなたたちのことを懐かしがっていた」

「えっ!?」

「セリア様!?　セリア様はご無事なんですか!?」

「ああ。元気にしている。……あなたたちが死んだら、セリアが悲しむ。だから、生きるのだ。共に来てくれ」

二年前に王都を去った元筆頭聖奏師セリア。その名前を出すのはディートリヒにとってはある意味賭けだったが、それが聖奏師たちの中で決定打となったようだ。

彼女らは立ち上がり、騎士たちの手を取った。一人、また一人と聖奏師たちは馬上に引き上げられ、気絶していた少女も助け起こされ馬に乗せられた。

「セリアは、あなたたちのことを気に懸けていた。聖奏師団は今、どうなっている？」

ディートリヒは、自分の隣を併走する騎士に抱えられる聖奏師に尋ねた。彼女は騎士に摑まりながらディートリヒを見て、おずおず答える。

「……デニスさんが騎士団を辞める前よりも、ひどくなっています。ペネロペは、国境の戦いに連れて行かれました。ルイーザとソニアも一緒です。私たちはなんとか城を脱出しましたが、何人もの仲間が途中で捕まりました」

「……そうか」

「あの、デニスさん！　ペネロペたちは、グロスハイム軍との戦いに連れて行かれたんです。グロスハイム軍がここにいるってことは、あの子たちは――」

その問いに、ディートリヒは何も答えることができなかった。

途中で拾い上げた聖奏師たちはお荷物になるかと思いきや、そんなことはなかった。

「なぜデニスさんがグロスハイム軍にいるのかは、分かりません。でも、私たちが何をすべきなのかは分かります」

彼女らはそう言って、体勢が不安定な馬上だというのに聖奏を行った。優しい音色がグロスハイム軍を包み、騎士だけでなく馬たちまで活力を取り戻し、速度を上げる。

「すごい……！」

「これが聖奏か！」

聖奏になじみのないグロスハイムの騎士たちは興奮気味だ。ディートリヒも、彼女らの演奏に素直に賞賛を送った。

「すばらしい演奏だ。体の疲れが吹っ飛んだ」

「私たちなんて、まだまだです」

聖奏して疲れたのか、聖奏師の少女はそう言って騎士にもたれかかった姿勢で微笑んだ。

「セリア様は……もっとすごかったのです。厳しいけれど優しくて、一生懸命なお方でした。……私たち、セリア様がミュリエル様に負けたことが未だに信じられないのです」

「……。……ミュリエルは、今もあんな感じなのか」

「ええと、はい。……ミュリエル様は、いつも陛下の側にいます。城の皆もミュリエル様を尊敬していて、私たちは下僕みたいに使われているんです。実際に働いているのは私たちだけれど、陛下がミュリエル様ばかり重用なさるから、私たちにはどうしようもなくて……」

「……そうか」

元部下たちのことを懐かしそうに語っていたセリアの顔が脳裏を過ぎり、ディートリヒは眉間に皺を寄せる。

王城は、間近に迫っていた。

第5章　決意の旋律

グリンヒルの麓町はずれにある小屋にて。

軟禁されていたセリアがグロスハイムの者たちと話がしたいと申し出ると、屈強な男たち――どうやら、グロスハイムの騎士らしい――は、思いの外真剣にセリアの話を聞いてくれた。ちなみにパウルは、自分のせいで話がややこしくなったと後悔しているようで、先ほどからずっと壁際で丸くなっている。

「十年前、エルヴィス様から呪いを受けたのはコンラート王子じゃなくてデニスだった。そして、デニスは相討ち前提でエルヴィス様を討とうとしている……そうでしょう？」

「……なぜ、それをおまえに教えなければならない？」

凄みのある声で脅されたがセリアは屈せず、男たちを静かに見つめ返した。

「……私の聖奏で、呪いを解くことができるかもしれないからよ」

「……はっ、それができたならとっくに解いている！」

「私は二年前とはいえ、一時期筆頭の座にいたこともある。私なら――普通の聖奏師じゃ太刀打ちできない呪いにも対処できるかもしれない」

完全な自信があるわけではない。これは、セリアにとっての賭けだった。

もくろみが外れた時はどうしようもないが、まずここから脱出するためには、少々の誇張を混ぜてでも彼らを説得できるだけの材料を揃える必要がある。

セリアの言葉に、男たちは怪訝そうな顔になった。

「……嘘だろう。十年前に相談したという元筆頭聖奏師からは、断られたんだぞ」

「……私たち筆頭聖奏師は、王城に保管されていた禁書を読むことができる。その中には、あまりにも難度が高いからむやみに使ってはならない、と言われている禁断の聖奏の楽譜もあった。普通の聖奏なら無理だけど、禁書の聖奏なら効果があるはずよ。その元筆頭の女性は、禁書の聖奏を候補から外していたから断ったのかもしれないわ」

「はぁ？　二年前に読んだ楽譜を、今でも覚えているのか？」

「覚えている」

セリアは断言した。

禁書に記された聖奏は、筆頭だけに閲覧が許されるというだけあってなかなか手強いものばかりだった。実際に聖弦で弾いたことはないが、これも勉強のためだと思って普通の竪琴で何度も練習したので、体が覚えている。

「……私が覚えている禁書の聖奏の中に、高度な呪いを解くというものもあったわ」

「……それ、弾けるのか？」

「ええ、弾ける」

セリアはしっかりと頷いた。今でも、その譜面を正確に思い出すことができる。

「ただ、ちょっと難しい弾き方ではあるの。でも、私の記憶力を信じてほしい。うまく聖奏できたら、きっとデニス——ディートリヒの呪いは解けるわ」

「……本当？」

部屋の隅から小さな声が聞こえた。

ずっと背を向けていたパウルが杏色の目を見開き、こちらを見ていた。

「ディートリヒ様、死なずに済むの!?」

「おい、パウル——」

「ええ、うまくいけば」

セリアはパウルに微笑みかけた後、男たちに向き直った。

「……だから、事情を話して。そして、私があなたたちに協力することに利益があると判断するなら、私を王都に連れて行ってほしい」

数日間は、男たちの間で話し合いがあったようでセリアは放置された。

そうして彼らの間で話が付いたらしく、セリアは皆と話を詰めることになった。

「ディートリヒ様は、コンラート様の幼なじみだった。お二人が幼い頃は容姿もよく似ていて、後ろ姿だけでは我々も見間違えてしまうくらいだった」

ぽつぽつと語る男は王子たちの剣術指南役だったらしく、昔のこともよく知っていた。

「十年前、エルヴィスによって王都が襲撃された際、コンラート様は風邪のために離宮で療養されていた。その場にディートリヒ様もいらっしゃり、襲撃を聞いて我々はお二人を逃がすことにした。だが、ディートリヒ様は自分がコンラート様の身代わりになると言って聞かず、コンラート様の服を着てファリントン軍の前に立ったのだ」

そうしてエルヴィスは、王子の装いをしており本物とよく似た風貌であるディートリヒをコンラートだと勘違いしたまま、呪いを施した。

これは、グロスハイムにとっての最大の切り札となる。出す場面を間違えば、グロスハイムはさらなる攻撃を受けるだろう。だが、正しい時に出せば――

国民には真実を伏せた上で、ディートリヒはファリントンに渡った。「切り札を出すべき時」が来るまでにファリントンの内情を探り、力をつけていたのだ。

戦後すぐはグロスハイムも疲弊しており、ファリントンの圧政に苦しみながら国を立て直すのにも時間を要した。たとえディートリヒがエルヴィスを討ったとしても、ファリントンが弱体化していない状況だと再び襲撃されるかもしれない。そうならないためには、ファリン時間を掛けてでも国の再興に努めなければならなかった。

その期間、十年。十年掛けてコンラートはグロスハイムを立て直し、ディートリヒはファリントンを調べ尽くして国の弱体化をはかった。

「……そうして、エルヴィス様の側近である邪魔な私を追い払って、心おきなく侵略できるようにしたということなのね」

二年前の勝負でデニスが不正をしたことを思い出すと、今でも胸が痛い。

そんな思いを抑えつけて自嘲気味に言ったセリアだが、なぜか騎士たちは困ったように視線を交わしていた。

「……まあ、そうだな。とにかく、ディートリヒ様はご自分の命と引き換えにエルヴィスを討つおつもりでいる」

「だから彼は、全てが終わったら私を解放するつもりだったのね」

「……おまえは、動揺しないのだな。過去のこととはいえ、エルヴィスはおまえの恋人だったのだろう？　それに、おまえの生まれ故郷を滅ぼすと聞いて、平気なのか？」

なぜか男が遠慮がちに聞いてきたので、セリアはふーっと息をついて肩を落とした。

「……ファリントンの運命は、私一人が足掻こうとどうにもならない。エルヴィス様を助けるのが正解ではないことも、もう分かってしまった。それに、やっとしがらみから解放されたのよ。過去に引きずられ、縛られていた私を助けてくれた人たちがいるからね」

それだけで彼らは、セリアの示す「助けてくれた人たち」にディートリヒも入っていることを悟ったようだ。

視線を逸らした男たちを見つめながら、セリアは思う。

（エルヴィス様を討てば、デニスも死んでしまう。そうすると、後腐れもなくなる……）

グロスハイムはコンラートが治め、君主を失っただけでなく元々弱体化しているファリントンはどこかの国に併呑されるだろう。そうなってしまえば、セリアが後出しであれこれ吹聴したって何も変わらない、ということだ。

（デニス、あなたは最初から自分が死ぬこと前提で物事を進めていたのね……）

もしかすると、あの夜に彼がセリアに対して冷酷なほどの対応を取ったのも、もう二度と会うことはないと分かっていたからなのかもしれない。

――さよならだね、セリア。どうか、幸せにね。

「……何が！　幸せに、よ！」

それまで落ち着いた態度だったセリアが急に声を荒らげたからか、パウルはもちろん騎士たちもぎょっとしてセリアを凝視してくる。

「あれだけ優しくしておいて、ばれたら突き放して！　それでいて、『幸せに』ですって⁉　無責任にもほどがあるわ！」

「優しく、って……ディートリヒ様、この女とそこまで進んでいたのか？」

「俺に聞くなよ……俺だって知りたいし」

背中を丸めてぼそぼそと話す男たちをよそに、セリアの勢いは止まらない。

「私のことは気遣って優しくしていたのに、助けてくれたのに！　最後の最後まで私に隠しごとをしたまま死ぬつもりなんて……！」

デニスはいつでも、自分のことを伏せていた。それが彼の方針なら仕方ないと思っていたが、それでも「はいそうですか」と引き下がりたくはない。

（私には、力があるのだから）

夜の丘陵地帯を、セリアは急いでいた。

「なにこの坂……きっつ」

「グリンヒルの館で暮らしていると、平気になってくるのよ」

セリアはパウルに言い、丘の上を見上げた。

今、セリアはグロスハイムの騎士二人とパウルを連れて、館に向かっていた。

丘を登るにつれて、暗闇にぽつんと浮かび上がる館の姿がどんどん大きくなってくる。

ほとんどの部屋は消灯している時間だが、夜間警備係のいる場所や廊下などは明かりがついていることがある。

「俺たちは表で待っている」

館の全貌が見える場所で立ち止まり、騎士たちが言った。

「おまえはパウルを連れて館に入り、『荷物』を取ったら帰ってこい」

「ええ、すぐに戻ってくるわ」

セリアは屈強な男たちにしっかり頷き、パウルを連れて館の正面玄関に向かった。

セリアは、騎士たちと共に王都ルシアンナに向かうことになった。

セリアにとって必要なのは、部屋に置いている聖弦。あれがないと、聖奏でデニスの呪いを解いてあげることができない。それに、練習用の竪琴も必要だ。

そういうわけでセリアは、パウル――セリアの護衛兼世話係役だ――を伴い、聖弦と竪琴を取りに帰ることになった。だが、セリアは「デニスについていっている」ことになっている。デニスが出発して既に数日経過しているので、気を付けないと館の者たちに怪しまれてしまう。

館の門は施錠されていたが、しばらく待っていると足音が近づいてきた。夜間でも、侵入者を防ぐために傭兵たちが定期的に見回りをしているのだ。セリアは鍵を持っていないので、彼らに開けてもらうしかない。数度深呼吸した後、セリアは鉄格子の門を叩いた。

「……誰だ⁉」

「その声は――ジェイクね。私よ、セリアよ」

「は？　セリア？」

がさがさと芝生を踏む音と共に、揺れるランタンの明かりが近づいてくる。そうして門の向こうに、屈強な傭兵のジェイクが現れた。

「本当にセリアだ。……おまえ、デニスと一緒に行ったんじゃなかったのか？」

「ええ。でも忘れ物をしちゃって。……私の部屋に楽器があるでしょう？　どうしてもデニスが、私の演奏を聴きたいと言っていて」

緊張を押し隠し、セリアはごく自然に見えるような笑顔で言う。

「デニスは途中で立ち寄る場所があったらしくて、まだヴェステ地方にいるわ。楽器を回収したらデニスを追いかけて、一緒に行く予定よ」

「……そうか。で、そのチビは使用人か何かか？」

「そう、長旅のお世話係として雇ったポールよ。彼に荷物持ちをお願いするわ」

セリアが簡単に紹介すると、パウルは打ち合わせ通り黙ってお辞儀をした。彼はファリントン風の名であるポールと名乗ることにやや抵抗していたが、鋭い者ならばパウルがグロスハイムの名であることに気づかれてしまうので了承してもらった。

ジェイクはセリアとパウルを順に見てから、ゆっくり頷いた。

「分かった。だが夜遅いし今日は寝て、出発は朝飯を食ってからにしろよ」

「ありがとう。でも、デニスが待っているから」

ジェイクが門と正面玄関を開けてくれたので、彼に礼を言ってセリアは自室へ向かう。

「……へぇ、こうなってたんだね」

パウルは館の内部に興味津々らしく、セリアの横を歩きながらきょろきょろあちこちを見ている。大人びた物言いをすることの多い彼だが、そうしている姿は年相応だった。

「ちょっとぼろいけど、なんだか居心地よさそう」

「ええ、とてもいい場所よ」

階段を上がり、二階に差し掛かったところでセリアはふと足を止めた。

二階には、子どもたちの寝室がある。皆の姿を見たい――そんな思いが一瞬湧いたが、すぐに振り払う。ジェイクに言った通り、セリアはここに長居するつもりはない。それに子どもたちやフィリパの顔を見れば、決心が揺らぐかもしれない。

三階に上がり、廊下を小走りに急ぐ。途中、フィリパたちの部屋の前を通った。深夜も過ぎているからか、物音ひとつ聞こえなかった。

そして、自分の部屋にたどり着く。楽器を置いている戸棚を開けて、そこから聖弦と普通の竪琴の入ったケースを引っ張り出した。それぞれのケースを開けて中身を確かめてから、竪琴の方には弦が音を立てないよう布を詰めて、パウルに竪琴のケースを渡した。

「こっちをお願い。弦がある分聖弦よりも重いけれど、大丈夫？」

「平気平気。……じゃ、戻ろう」

「ええ」

部屋を出る前に、セリアは振り返って二年間暮らした部屋を見渡す。

（……今まで、ありがとう）

心の中で言ってから、きびすを返した。帰り道は、来た道を戻ればいい。

相変わらず館内は静かで、二人のブーツが立てるわずかな音以外何も耳に届いてこない。

（いい場所だった）

そんなことを考えながら歩いていたセリアは――前方に、人影があることに気づいた。

「……夜遅くにおかえりなさい、セリア」

柔らかな声に呼ばれ、セリアは呼吸を止めた。パウルもまた立ち止まり、目を丸くしている。

（……どうして）

「……マザー」

杖を手にしたマザー――ベアトリクスは柔和に笑い、光を見ることのできない目を閉ざしたまま、顔をセリアたちの方に向けていた。

「あら、お友だちも連れてきてくれたみたいですね。お名前は？」

「いや、お友だちじゃ……えっと、名前はポールですけど……」

マザーは目が見えないのだが、パウルのことも認識しているようだ。とはいえ、彼との間柄は「お友だち」ではないので、言葉に詰まった。

　マザーは狼狽えるセリアたちに微笑みかけ、とんとんと杖の先で床を突いた。

「どうやら、すぐに出発しなければならないようですね」

「……すみません、マザー。説明することはできないのです」

「いいのです。これも、あなたやデニスが決めたことなのでしょう？」

　デニスの名を出されてどきっとするセリアに、マザーは微笑みを向けた。

「わたくしには、普通の人には見えないものが見えるのですよ。……初めてデニスが館に来た時に気づいたのです。彼は、あなたを心から必要としていると」

「……そんな」

　そんなはずない。

（だって、デニスは最後まで私を頼ってくれなかった――）

　マザーは首を横に振り、手を伸ばした。慌ててセリアが身をかがめると、マザーはセリアの頬を探り当て、優しく撫でてくれた。

「デニスにはあなたが必要なのです。だから……お行きなさい。お友だちがいらっしゃるなら、あなたは大丈夫でしょう」

「……マザー、その――」

　言いたいことがある。本当ならば言わなくてはならない言葉がある。

　だが、それを口にしてはならない。

(それなら、私がマザーに言えるのは――)

セリアは無理矢理微笑み、マザーの手に自分の手を重ねて、目を閉じた。

「……はい、いってきます」

「ええ、いってらっしゃい。あなたの行くべき場所で、あなたのすべきことをしてきなさい、セリア」

マザーの言葉が、温かな波となってセリアを包み込んでくれた。

準備を終えたセリアは、デニスよりも約八日遅れてグリンヒルを出発した。

「ディートリヒ様はコンラート様と一緒に王都に向かっているけれど、あっちはおれたちと違ってファリントン兵と戦いながらの進軍になる。王都に着く頃にはほぼ足並みが揃うはずだ」

馬車の向かいの席で、パウルがそう言った。

セリアと共に王都に行くのは、パウルとグロスハイムの騎士三人。狭い馬車の中にいるのはセリアとパウルだけで、騎士の一人は御者を務め、もう二人は騎乗して馬車の両脇を走っていた。

「それにしても、本当に聖奏で呪いを解けるわけ？」

「そのために今、練習しているのよ」

そう答えるセリアは馬車の旅の間ずっと、竪琴で聖奏の練習をしていた。

呪いを解くための聖奏の楽譜は頭の中に入っているが、実際に演奏するのは久しぶりだ。禁書に記された聖奏はかなりややこしく、失敗が許されない。

パウルは既に同じ曲を何度も聞いているので飽きてきたらしく、体をぐらぐら揺らしながらぼやいている。

「でもさ、コンラート様……じゃないや、ディートリヒ様が引退した筆頭聖奏師のところに相談に行った時、なんでその人は解呪の聖奏のことを教えてくれなかったんだ？」

「それは——まあ、とても難しい聖奏だからよ」

パウルに指摘されたセリアは、つい言葉に詰まってしまった。

難しい曲だというのは本当だ。それに、禁書の聖奏は一音でも間違えるととんでもない反動を起こしてしまうことがある。さらにその女性はおそらく三十代くらいだろうから、既に聖奏師としての力は衰えている。だから解呪できなかったのだろう、とパウルには言っておいた。

（……でも、それだけじゃない）

その元筆頭聖奏師が、禁書の聖奏を提案しなかった——もしくは提案しても彼女には実行することができなかったのには、別の理由がある。

「……パウル、セリア。町が見えてきた」

物思いにふけっていたセリアは、馬車の外から騎士に呼ばれて顔を上げた。

「やっと最初の町ね」

「そうだな。野宿続きだったし、おれ、今日は宿のベッドで寝たいなぁ」

伸びをしつつパウルが言うが、それは難しいだろう。

（ここは、グロスハイム軍が一度通っているはずだわ）

セリアはともかく、表にいる騎士たちはグロスハイムの紋章入りの鎧姿だ。これでは、「侵略者」として追い返されても仕方がない。……そう思っていたのだが。

「グロスハイム軍だって⁉」

「ああ。これからコンラート様たちの助太刀に参る」

「それはありがたい！」

「コンラート王子は、戦争が終わったらファリントンの面倒も見てくれるんだろう？」

「さっさと今の王様を倒してくれよ！　生活が楽になるなら、王様が誰になろうと何だっていいさ！」

町人たちの歓待ぶりに、セリアは唖然とした。そうして騎士たちが何か言う前に宿に通され、「女の子もいるじゃないか！」とセリアは風呂場に連れて行かれ、着替えの普段着ドレスまで提供してもらった。

「……私、門前払いされると思っていたわ」

どうぞどうぞと通された宿の客室でセリアが呟くと、ソファの上で跳ねて遊んでいたパウルがにやりと笑った。

「ふふん、これもコンラート様とディートリヒ様のおかげだね」

「先行していた二人が、皆の心を解きほぐしていたのね」

「どうやらそのようだ」

部屋に騎士たちが入ってきた。彼らも風呂に入ったらしく、先ほどまでは埃っぽかった髪も洗い、清潔な服を着ていた。

「コンラート様たちは、エルヴィス王を討った後はファリントンの統治権を手に入れるつもりだと宣言されたようだ。もちろん各国の承認も必要だろうが、ファリントンの国民が熱烈に歓待しているのならば、首脳たちもコンラート様がグロスハイムだけでなくファリントンも統治することに頷かざるを得ないだろう」

「戦後厚遇するから、グロスハイム軍に協力してほしいということなのね」

セリアは唸った。

ファリントン王国は、荒れている。二年前、王都からヴェステ地方に行く際に見た時よりもさらにやせ衰え、人々は困窮している。

そんな中現れた侵略者たちは、「国王討伐に協力してくれたら、戦後に、今以上の水準の生活を保障する」と宣言した。彼らに協力することで現状打破の可能性が高まるのならば、彼らだってグロスハイムを快く受け入れるだろう。

今の生活に不満を抱く者にとって、コンラート王子たちはまさに救世主なのだ。

（そういえば……デニスは、元々エルヴィス様には政治的手腕がないと言っていたわ）

彼の統治がうまくいっていたのは、セリアを始めとした周りの者たちがいたからだと。

だがセリアは城を去り、筆頭聖奏師の座にはあのミュリエルが就いた。「聖奏師の力を存分に使う」ことが自分たちの使命だと信じて疑わないミュリエルは、来る者拒まず状態で聖奏を披露した。当然部下たちにもそれを強い、人々は聖奏に縋り、頼るようになってしまった。

「先ほど町人から聞いた。ファリントン軍とグロスハイム軍はこの近辺でも衝突したのだが、一度グロスハイム軍が優勢に立つと、ファリントン軍はさっさと逃げてしまったのだという」

「……騎士団の闘志も士気も、落ちてしまったのね」

聖奏さえあれば。聖奏師がいれば。……その思いは騎士たちの精神を弱らせ、「命を懸けてでも国を守る」という使命感を崩れさせ、臆病にしてしまった。

（これが真実なのよ、ミュリエル）

今王都にいるだろうかつての部下は、どんな思いでこの戦況を見つめているのだろうか。

セリア一行は、デニスたちよりも一日遅れて王都に到着した。

「東側に、グロスハイム軍が陣を張っている。そちらに行くぞ」

そう言った騎士は丘を下り、グロスハイム国旗があちこちに掲げられている陣へと向かっていった。騎士たちが先行して事情を説明しに行ってくれていたため、セリアたちが乗る馬車はすんなりと本陣まで通された。陣の中央に建つ天幕がコンラート王子の居場所らしく、そこに向かうべくセリアは馬車から降りた。

「セ、セリア様！」

人混みの向こうから、悲鳴のような声が上がった。振り返ると、騎士たちに腕を掴まれながらもこちらに駆けてこようとする少女の姿が。

（あの子は――！）

「アナベル⁉」

「ああ、やっぱりセリア様だ！　……お願いします、少しだけでいいので話を――」

「暴れるな！　後にしろ！」

騎士に怒鳴られたアナベルは、そのまま引きずられていった。その他にも白いローブを纏った少女たちの姿が見えて、セリアの目尻がじわっと熱くなった。

（アナベルたちは、無事だったのね……！　コンラート様にお会いした後、話をしよう）

そう決めて、セリアは表情を引き締めて天幕に入っていった。

天幕では、質素な衣服姿の青年が待っていた。身につけているものはともかく、整った容姿と引き締まった表情からは、確かな王族の風格が漂っている。

セリアはその場に跪き、頭を垂れた。

「お初にお目に掛かります。ファリントン王国の元聖奏師、セリアでございます」

「君がセリアか。ディートリヒから話を聞いているよ」

グロスハイム王国王子・コンラートはそう言い、セリアを椅子に座らせた。

「早速ですまないが、本題に入らせてくれ。……今、ディートリヒたちが城に乗り込み、エルヴィス王の首を取ろうとしている。君は……呪いのことも、知ってしまったのだね」

「はい。すぐさまディートリヒを追いかけ、私の聖奏で呪いを解こうと考えております」

セリアは抱えていた聖弦を膝の上に載せて、弦を張った。コンラートは、きらきら輝く十八本の弦を驚きの眼差しで凝視していた。

「なるほど、こうして弦を張るのだな。……彼が犠牲にならずに済むというのならば、是非とも君の力を借りたい。……確認するが、君はエルヴィス王を救おうと思って駆けつけたのではないのだな？」

「……はい。エルヴィスさ……エルヴィスが討たれることは、覚悟しております」

セリアは迷いない眼差しで宣言した。

エルヴィスはセリアを棄て、ミュリエルを選んだ。そして十年前にはグロスハイム王国の王族を手に掛けて、当時まだ幼かったデニスに残酷な呪いを施した。

さらに——先ほどパウルから仕入れた情報だが、エルヴィスは王都に進軍してきたデニスたちを退けるため、呪術を行使して街に火を放ったのだという。エルヴィスが城のバルコニーに立って炎を放っている瞬間を目撃した市民がいるとのことなので、言い逃れはできない。

エルヴィスは、善人などではない。国民の多くが、グロスハイムの民が、彼の死を願っている。グロスハイム軍が彼を討つことで、国が生まれ変わると信じている。

（……それが報いなら。それがあるべき結末なら）

セリアは、やるべきことをやるだけだ。

セリアはコンラートに、デニスを追う前に聖奏師たちと話がしたいと申し出た。

彼の了承を得てから、セリアは本陣を歩いて懐かしい元部下たちの姿を捜す。

「……あ！　セリア様、セリア様ぁ！」

一人の聖奏師が大声を上げると、とたんにあちこちから懐かしい顔ぶれの者たちが寄ってきた。王都から脱出してグロスハイム軍に保護されているファリントン国民たちが「セリア」の名を聞いてぎょっとする中、セリアは四人の聖奏師に抱きつかれた。

「覚えていますか、セリア様！」

「お会いしたかったです、セリア様！」

「お会いできてよかった！」

「セリア様、うわぁぁぁぁん！」

「みんな……私も会いたかったわ。辛い思いをさせて、ごめんなさい」

二年前よりも大人になった少女四人をまとめて抱きしめるには、セリアの腕の長さが足りない。ひとまず、セリアに抱きついて泣きだしてしまった一番幼い少女の頭を撫でながら、セリアは四人の中で最年長のヴェロニカから話を聞くことにした。

「あなたたちが無事でよかったわ。……皆は？　聖奏師団は？」

「……セリア様が去られてから、年長だった先輩が六人退職しました。新しく入ったのは――途中で辞めたアーリンを含めて五人で、ミュリエル様を含めた十八人で活動をしていたんです」

ヴェロニカは、こぼれる涙をローブの袖で拭いながら語る。

「私たちは、ミュリエル様の命令通りに動かないといけなくて……ひどかったです。仕事部屋の前はいつも患者がたむろしていて、それもたいした怪我でもないのに来るんです。……休む暇もなくて、新人の子たちもあっという間にぼろぼろになってしまったんです」

「そんな……」

「これ以上ここにいてはいけないと思って、私たちはあの子たちを逃がしたんです。でもそれをミュリエル様に知られたらすごく叱られて、叩かれて——ますます私たちへの待遇は悪くなりました。あれこれ用件を引き受けても、実際に活動するのは私たちです。最後には、ミュリエル様は聖奏師団に寄らずに陛下のお部屋にばかり行っていました」

ヴェロニカの話を聞いたセリアは、やはりそうなったのかと額を押さえた。

「……結果としてファリントン軍は聖奏に甘え、弱体化してしまったのね」

「はい。……あ、あの。セリア様にお伝えしなければならないことがあるのです」

しどろもどろになりながらそう言ったヴェロニカは、懐から巾着袋を取り出した。そこから出てきたのは、三つの金属板。セリアも二年前までは所持していた、聖奏師団員の身分証である。

——ちらと見えたその表面には、ヴェロニカたちではない別の少女三人の名前が彫られている。

嫌な予感がした。

「……それは？」

「……私たちを助けてくれたデニスさんが、渡してくれたのです。……その、国境戦に徴兵された仲間たちの——遺品です」

「っ……！」

反射的に、セリアはヴェロニカの手から金属板をもぎ取る。震える手で掴んだそれには、黒く掠れた血がこびりついていた。そこに記されている名前は——

「ルイーザ……ソニア、ペネロペ——！」

「戦死じゃないんです、ファリントン軍に見捨てられたそうで……」

「なっ……んですって⁉」

愕然とした。

彼女らは無理矢理徴兵されてこき使われた果てに、戦場に捨て置かれたのだ。

セリアはぎゅっと身分証を握りしめた。

真面目なルイーザ。ちょっとぼんやりしているソニア。うっかり者で泣き虫なペネロペ。

みんな、死んでしまった。

三人とも、今年で十五歳前後だったはず。

これから、女性として美しく咲く時期を迎えるところだったのに。

セリアは様、セリア様、と人なつっこく呼びかける声が、笑顔が、セリアの脳裏に蘇り、金属板を握る拳が震える。

「……私が、意地でも城に残っていれば――！」

「おやめください、セリア様！　ペネロペたちは、セリア様を恨んでなどいません」

ヴェロニカはきっぱりと言い、血管の浮き出ているセリアの手の甲にそっと触れてきた。

「ペネロペたちは、徴兵が決まった時も毅然としていました。……あのペネロペもですよ？　そして、セリア様に教わったことを活かし、いつかセリア様によいご報告ができるように頑張ってくると申して出発しました」

「ヴェロニカ……」

「ペネロペたちの死は、私たちにとっても痛恨の極みでした。しかし、私たちにとってはあなたのもとで学び、成長できたことが何よりの幸せです。……どうか、セリア様のなすべきことをなさってください。私たち、セリア様のことが大好きですから」

そう言ってヴェロニカは微笑んだ。

セリアは数度瞬きし、目尻に浮かんだ涙をぐいと拭って金属板をヴェロニカに返した。

「……ありがとう。ヴェロニカ、これからの聖奏師団を――頼みます」

セリアの決意のこもった言葉に、身分証を懐に入れたヴェロニカは目を見開いた。聡い彼女は、セリアがこれから何をしようとしているのか察したのかもしれない。

瞳が揺れ、そして確かな決意を持って彼女は頷いた。

「……かしこまりました。……セリア様。ペネロペが、いつかセリア様に再会できたら伝えたいことがある、と言っていました」

「…………何かしら？」

「自分で靴下を繕えるようになった、とのことです」

そう告げたヴェロニカの目尻から、透明な滴がこぼれ落ちていった。

ヴェロニカたちはグロスハイム軍に保護されているので、これからは本陣に留まって聖奏によって皆を助ける予定だという。

「セリア様、デニスさんをお願いします」

馬に乗ったセリアに、ヴェロニカが言った。埃除けのフードを被ったセリアが振り返ると、ヴェロニカは真っ赤に泣きはらした目を真っ直ぐセリアに向けていた。

「私、何となく分かったのです。デニスさんはきっと、ここで死ぬつもりなんです」

「……ヴェロニカ」

「でも、そんなのおかしいです！　セリア様、お願いします！」

「……ええ、任せて。ヴェロニカこそ、本陣のことは頼んだわ」

「はい！」

元気よく返事をしたヴェロニカに頷き、セリアは前を向いた。それを合図にセリアを後ろから支える騎士が馬の横腹を蹴り、立派な体躯を持つ軍馬が走りだす。

（急がないと。デニスがエルヴィスを討つ前に行かないと――！）

セリアを乗せた馬は、グロスハイム軍の駐屯地を颯爽と駆け抜けていく。

皆は、馬のためにそそくさと道を空けてくれるのでありがたい。――だが。

「止まれ！　おまえ、セリアだろう！」

何となく聞き覚えのある声がする。

「……何か聞こえたか？」

「いえ、気のせいです。どうぞ前に――」

進んでください、と言いかけたが、いきなり目の前に人影が躍り出たため、馬が驚いて高く嘶いた。騎士が舌打ちし、左手でセリアの腰を抱えて右手で手綱を引っ張る。がくんと体が揺さぶられたセリアはうぐっとうめき、聖弦だけは取り落とさないように両腕で抱え込んだ。

しばらくすると、やっと馬は落ち着いてくれた。

騎士は馬をなだめつつ、進路に飛び出してきた人物を睨みつけて怒鳴り上げた。

「貴様、軍馬の前に出るとは愚かな！」

「黙れ！　悪辣なグロスハイムの狗が過ぎた口を利く！」

騎士のもっともな説教も何のその、相手の人物は唾を飛ばしながら言ってはならぬことを堂々と叫んだ。そして怒りで身を震わせる騎士には目もくれず、その人物はつかつかと歩み寄ってセリアを睨み上げてきた。

「セリア！　この薄情者！　貴様のせいで我々は全てを失った！」

「……」

「平民の小娘に敗北して惨めったらしく出ていくのみに止まらず、あらぬ噂まで立てられおって！　貴様のせいでアーリンは筆頭に冷遇されて除籍処分を受け、公爵家は没落したのだ！」

「……はあ」

セリアは嘆息し、足元でわめき立てる中年男を見下ろした。

中年男――セリアの叔父であるランズベリー公爵は、昔よりも白髪も顔の皺も増えたようだ。

（不思議。二年前はこの人に嫌われることを恐れていたのに、今では何とも思わない）

叔父の姿を目にしても、聖奏師団に入ってミュリエルに虐められたとかいう従妹アーリンの名を聞いても、何も感じない。

中身のない相槌を打つセリアにまたしても腹が立ったようで、ランズベリー公爵はあろうことか、馬に跨がっているセリアの左足を持っている杖で殴ってきた。

さしものセリアも無表情を貫ききれず、悲鳴を上げてしまう。

「痛っ！」

「大丈夫か、セリア!?」

「はっ、グロスハイムの男をたぶらかしたか!?　この汚らしい毒婦め！　どこまで公爵家の名に泥を塗れば――」

「……いて」

「何？」

「……邪魔だから、退いて！」

初めて、セリアは叔父に刃向かった。

これまで一度たりとも姪に逆らわれたことのない公爵は、唖然として杖を取り落とす。

その瞬間、騎士が馬の手綱を引き、軍馬が嘶きと共に前脚を振り上げた。

「ひ、ひぃっ!?」

軍馬は体格がいいだけでなく、背が高い。前脚で蹴り飛ばされたら最悪、命はない。

公爵は真っ青になって後退し、その場に尻餅をついた。

馬はそのまま公爵の側を通り抜け、セリアは最後に冷めた眼差しを叔父に送った。

あんなに恐れていたのに。あんなに公爵家の名にしがみついていたのに。あんなに、叔父に嫌われないように必死になっていたというのに。

（私だって、何もかもを失った。失ったけれど、今の私にはやるべきことがある）

それの邪魔をするなら、叔父にだって遠慮しない。

城下町は既にデニスたちが血路を開いていたので、セリアの乗る軍馬は止まることなく王城に向かって疾走する。

そうして二年ぶりに訪れたルシアンナ城を見ても、さして感慨もなかった。そういえば十五年ほどここで暮らしたのだっけ、という程度だ。今のセリアにとっての故郷はグリンヒルの館になっているのだから、当然である。

「エルヴィス王はどこだ⁉」

城内に馬を乗り入れた騎士が問うと、先行していた騎士が刃こぼれの跡がある剣を大階段の方へ向けた。

「謁見の間だそうだ。城門を突破したのが先ほどのこと。まだ間に合うはず」

「分かった。……セリア、ここからは馬を下りる」

「分かったわ」

騎士の手を借りて、セリアは馬から下りた。

――下りながらも、辺りが妙に静かなことが気になっていた。

(デニスがこの入り口を突破して間もないのに、どうしてこんなに静かなの――?)

正面玄関ホールはがらんとしているばかりか、戦闘の跡さえほとんど残っていない。中には破損している調度品や血の痕があるが、それもほんのわずかである。

「兵は……ファリントンの軍はいないの？」

「……ああ。我々が突撃した時には既に、大半の者が逃走していた」

先ほどの騎士が言ったため、セリアは息を呑んだ。

城下町は激戦区となったとのことだから、城内はより激しい戦いになると思ったのに。

（まさかファリントン軍の上層部は、城下町でデニスたちが苦戦している間に逃げたということなの⁉）

コンラート王子の報告によれば、城下町戦にファリントン軍の将軍級の者の姿はなかったという。上層部は王城で最後の守りを固めているのかと思ったら、そうではなかった。

彼らは、下級兵が囮になっている間に逃げてしまったのだ。

（……これが、この国の末期なのね）

一旦騎士に聖弦を預け、身軽な状態になったセリアは唇を嚙みしめる。

（たとえエルヴィスが生き残ったとしても、国の再生は絶望的……）

セリアが生まれ育った国は、こうして滅びていくのか。

そう思いながら、謁見の間の手前にある十字廊下を走るセリアだったが――

その頭が、壁にぶつかった。

「きゃっ⁉」

「セリア⁉」

前方を走っていた騎士が、驚いて振り返る。尻餅をついたセリアは、今自分が頭をぶつけた辺りの空間を呆然として見た。一見、何もない空間だが——手を伸ばすと、指先が何かに触れた。そこには目には見えない壁のようなものが、立ちふさがっていた。

「……これ、呪術でできる障壁だわ……！」

「呪術……？　な、なんだこれ⁉」

慌てて騎士が戻ってくるが、彼もまた見えない壁に阻まれてしまった。

壁の向こうには、セリアの聖弦を持った騎士。壁のこちら側には、手ぶらのセリア。

これでは、聖奏して壁を消すこともできない。

「……いた！　やっぱり、引っかかるだろうと思ったのよ！」

どうすればいいのだろうかと戸惑うセリアは、久しぶりに聞く——しかし聞きたくはなかった声を耳にして、顔を上げた。

セリアの右手側にある廊下から、一人の若い娘が現れた。茶色の髪に焦げ茶色の目を持っており、着ているのはなんと、王女のために誂えられたかのような可愛らしいドレスだった。

だがそのドレスもきれいに編まれた髪もぐしゃぐしゃに乱れており、憤怒の形相によって元来愛らしい顔立ちも台無しになっている。

「……こちら側に来ていれば、叩き斬ってやったものを」

騎士もすぐに彼女のことを敵と認識したようで姿勢を低くするが、ミュリエルはそんな騎士には一瞥もくれずにセリアの方に歩み寄ってきた。

「ここに来たってことは、やっと自分のするべきことが分かったのね！　セリア、さっさとグロスハイムの連中を始末して、陛下をお助けするわよ！」

「……ミュリエル、あなたがこの呪術の壁を作ったの？」

精霊の力を借りる聖奏師でありながら呪術に手を染めるなんて、見下げ果てたものだ。

だがミュリエルはセリアの前に立つと鼻を鳴らして、謁見の間の方を手で示した。

「だから何？　それより、私たちは忙しいの。……あなた、腐っても聖奏師でしょう？　ちょっとくらいなら役に立つだろうし、こっちに協力しなさいよ」

「……それはできないわ。私は、グロスハイムの騎士たちと一緒に戦うと決めたの」

セリアは立ち上がり、ミュリエルに向かってずいっと手を伸ばした。

「聖弦を貸すか……この壁を解除しなさい、ミュリエル」

「お断りよ。……ほんっとうに。昔からあなたは、腹が立って仕方ないわ！」

セリアが味方にならないと把握したのか、ミュリエルはセリアと距離を取りながら髪を振り乱して怒鳴ってきた。

「聖奏師たちは全然言うこと聞かないし、何かあったらセリア様セリア様ってうるさいし！　筆頭はあなたじゃなくて、私！　あなたよりずっと優秀な、私なのに！」

「……」

「私が正しいのに、全然うまくいかないの！　それに騎士も官僚も皆、私のことが好き、私のことを守るって言っていたのよ⁉　それなのに、グロスハイムの連中が攻めてきたら全員、私を置いて逃げてしまったの！　どうして、なんでなのよ！」

「……こんなことになってもまだ、あなたは自分が正しいと思っているの？　たくさんの聖奏師たちが犠牲になったのも、正しいことだと思っているの⁉」

「当たり前よ。私やエルヴィス様は偉いのだから、下々の者は私たちに従って当然じゃない！」

そうはっきりと述べるミュリエルはひょっとしたら、自分もかつては「下々の者」——もとい平民だったことすら覚えていないのかもしれない。

「私は正しいの！　だから、皆、私たちに従うべきなの！　従わない役立たずや、のたれ死にするような雑魚な部下なんていらないわ！」

ミュリエルの言葉を聞き流し、いかにして壁を解除しようかと考えていたセリアだが、その言葉だけは聞き流せなかった。

（……ペネロペ、ルイーザ、ソニア……！）

——国境戦で死んだ元部下たちの笑顔が脳裏を過ぎり、セリアはミュリエルに詰め寄って、震える拳を固めた。

「っ……ペネロペたちは死んだわ！　それも、ファリントン軍に見捨てられて！」

「それが何なの？　徴兵が掛かったなら、死を覚悟して戦地に行くものでしょう？　むしろ、戦地で殉職できたのだからペネロペたちも喜んで――」

「歯を食いしばりなさい、ミュリエル」

無表情で言い放った直後。

セリアの拳が唸り、ミュリエルの顔面にめり込んだ。

頬に平手、なんて可愛らしいものではない。二年間、掃除や洗濯などの家事をすることで以前よりずっとたくましくなったセリアによる、全身全霊を込めた拳の一撃である。

まさかセリアが手を出すとは思っていなかったのか、ミュリエルは潰れたカエルのような悲鳴を上げて吹っ飛んだ。何かが砕ける感触があったので、ひょっとしたら鼻の骨が折れたのかもしれない。

ふーっと息をついたセリアは、仰向けにひっくり返って悶えるミュリエルを見下ろした。

「痛いでしょう？　でも……きっと、ペネロペたちはもっと痛い思いをしたわ」

「ひっ、あれは、ふろすはひふは……」

鼻を手で押さえて叫ぶミュリエルだが、どうやら鼻血が出ているらしく声がくぐもっている。

「ええ、そうね。全てはグロスハイムの――そして私をわざと負けさせたデニスのせいなのでしょうね」

「わざほ……へ？　へにふ？　……ふ、うぇ……」

「だからといって、デニスはここで死ぬべきではない。彼は生きるべきなの。彼を生かすために、私は行くの」

セリアは静かに言うが、ミュリエルの耳には届いていない。そうしてセリアと騎士の間に立ちはだかっていた透明な壁が消えて――術者が気絶したことが分かった。

「セリア……」

セリアは駆けつけてきた騎士から聖弦を受け取り、頷いた。

「……待たせたわ。行きましょう」

「……その鼻血女はいいのか？」

「グロスハイム軍に任せるわ」

セリアは言い、謁見の間に向かって駆けだした。

謁見の間にたどり着いたセリアは扉の前に騎士を待たせ、部屋に飛び込んだ。

エルヴィスの部屋とも言える、謁見の間。床には深紅の絨毯が敷かれ、壁から垂れ下がっている旗にはファリントン王国の紋章が刺繍されている。

黄金で縁取られた玉座には癖のある灰色の髪に空色の目を持つ長身の男が座り、その正面には見事な鎧を着た細身の青年――デニスが。

「デニス！」

聖弦を抱え直したセリアが叫ぶと、デニスはさっと振り返って目を丸くした。

「セリア!?　どうして君が――」

「おや、私のかつての恋人と知り合いか、コンラート王子？」

対するエルヴィスはセリアを目にしてもあまり動揺した様子もなく、余裕の笑みを浮かべている。

デニスは振り返り、はっと鼻で笑い飛ばした。

「まだ僕のことをコンラート様だと思っているのか？」

「……何？」

「それもそうか。おまえは騎士団の練習風景なんて、一度も見ていないだろうからな」

エルヴィスの瞳が揺れた。彼はデニスを見て、セリアを見て、もう一度デニスを見ると――ははっ、とどこか調子がずれたように哄笑した。

「……そういうことか。そういえば、私のセリアにちょこまか付きまとう虫けらがいたな！」

「セリアはおまえのものじゃない！」

デニスが唸ると、エルヴィスは端整な顔を歪めて笑った。

「ははっ……セリアは自分のものだから、手を出すなと？」

「……セリアはセリアだ。誰のものでもない！」

「……ということだが、セリアは私のもとに帰ってきてくれたのだな？」

「……違います」

セリアのはっきりとした言葉に、初めてエルヴィスの表情が動いた。

余裕の笑みを消して底冷えのするような眼差しで見てくるエルヴィスを、セリアは真っ直ぐ睨み返す。

「……私が助けたいのは——あなたなんかじゃない！」

二年間、長かった。だが、もうセリアにはこの国の真実が分かっている。

一瞬だけ、エルヴィスが不快を示すように目を細めた。だがセリアは彼には構わず、その場に跪いて聖弦をケースから取り出した。

「……セリア。おまえは私の臣下だろう？」

「元、を付けてください。あなたは、私を棄てました」

勝負に負けたセリアをあっさりと手放して、ミュリエルを選んだ。

彼が一言でも声を掛けてくれたら、話は違ったかもしれないのに。

「今になって自分のもとに戻れと仰せになるのですか？　私を棄てた挙げ句、吟遊詩人に嘘の歌を歌わせるまでして私を貶めたというのに？　……お戯れを。そんなの都合がよすぎます」

「……生意気な」

エルヴィスは顔を歪め、ふっと笑った。今までセリアが一度も見たことのない表情だが……きっとこれが、彼の本当の顔なのだろう。

それまで眉間に皺を刻んでエルヴィスを睨んでいたデニスだが、彼は腰から提げた剣を抜くと、脚の筋肉をバネにしてエルヴィスに飛びかかった。

それまではけだるささえ感じられる姿勢で座っていたエルヴィスだが、玉座に立てかけていた大剣を瞬時に抜き、デニスの一撃を真正面から受け止めた。

「っ……待って、デニス！」

セリアは聖弦を取り出し膝の上に載せて、弦を張るべく手のひらを向ける。セリアが駆けつけても、呪いを解く前にデニスがエルヴィスを討ってしまっては意味がない。

……それなのに。両手が震え、なかなか思うように弦が張れない。

一本張れたと思うと、すぐにかき消える。その繰り返しだ。

（焦らない、落ち着いて、セリア！　デニスが死んで――）

鋼と鋼がかみ合う音が、セリアを焦らせる。

エルヴィスの方が体格に優れている分、デニスは細い身体を駆使して大剣による猛攻をかいくぐり、心臓への一撃を狙っている。

早く、早く、早く十八本の弦を。早くしないと、デニスが、呪いが。

そうしてセリアがやっと十五本の弦を張り終えた、その時——

「……もらった！」

デニスの剣が、その胸に深々と突き立てられた。

ぴたん、ぱたん、と血が滴る。

エルヴィスの手から剣が滑り落ち、カラン、と乾いた音を立てて大理石の床に転がる。

エルヴィスの懐に飛び込んだデニスは、歯を食いしばって剣を引き抜いた。とたん、血が溢れ、デニスが纏う白銀の鎧を汚していく。

「デニス」

セリアは、その名を呼んだ。

デニスは振り返り、返り血を浴びた顔を緩めてにっこり笑う。

エルヴィスが血の塊を吐き出し、その場に倒れ伏した。

デニスは笑顔のままゆっくりと、階段を下りてくる。

手にした剣の先から赤黒い血が滴り、床の絨毯を染めていく。

デニスは、床に座り込むセリアの正面にしゃがんだ。

彼は小首を傾げて微笑み、血の付いていない方の手でそっとセリアの髪を撫でた。

「こんな場面を見せちゃって、ごめん」

「デニス」

セリアは、デニスの胸元を見ていた。先ほどの剣戟で鎧を留める革が切れたらしく、下に着込んでいた服が見えている。

セリアはそっと手を伸ばし、彼の胸元を広げた。デニスは何も言わず、セリアのなすがままに身を委ねている。

そうして、はだけられた彼の左胸から現れたのは——赤く腫れ上がった醜い紋章。

これが、デニスが服を脱ぐことを嫌がっていた理由。

彼がセリアに別れを告げた理由。

彼が、もう長くは生きられない理由。

デニスはセリアの震える手にそっと己の手を重ね、優しく撫でてきた。

「一撃で殺すつもりだったけど、ちょっと狙いを外しちゃったみたいだね。……あいつが死ぬと同時に僕も死ぬなんて、信じられないや」

「デニス——」

「いいんだ、これでいいんだよ、セリア」

デニスは中途半端な状態の聖弦を一瞥してから、ふふっと笑った。

「僕は、あまりにも多くの罪を負いすぎた。君を嵌めたから、ファリントンは一気に零落した。そのせいで死んだ人もいる」

「そんな、こと──」

「君が城から出るきっかけを作らなかったら、ミュリエルは筆頭にならなかった。そうすれば、君の可愛い部下は生き延びていたかもしれない。……ペネロペたちを殺したのは、僕だ」

「……違う！」

「いいや、僕のせいだよ。僕は世界一の犯罪者で、君の想いを踏みにじった最低の裏切り者。血にまみれ、罵声を浴び、惨めったらしく死ぬべきなんだ。十年間、そのつもりでずっと生きてきたんだよ」

デニスは悲しそうに笑ったが、ふいに顔を歪めて自分の左胸を押さえた。ぐうっ、と彼の喉から声が漏れ、額を汗が伝う。彼の背後では、エルヴィスが同じようにむせていた。

二人の心臓が連動しているのは本当なのだろう。

「……ねえ、セリア」

「いやっ、聞かない！」

「お願いだから聞いてよ。……僕ね、君と一緒に過ごした日々がとても幸せだったんだ」

セリアが震える手でデニスの体を抱き寄せると、彼はセリアの肩に自分の額を預けて荒い呼吸をしながら言った。

「グリンヒルで、一緒に過ごした一ヶ月間……それは、とても眩しくて、温かくて、幸せな時間だった。僕はどうしても、呪いで死ぬ前に君に会いたかったんだ。君の笑顔が見たかった。その声が聞きたかった……」

「デニス――」

デニスは微笑んでいた。

「君を戦いに巻き込みたくなかったから、王都から離れさせたんだ。僕が死んでも君には生きてほしかったから嘘をついて、君をわざと負けさせた。……君の誇りに傷をつけたとしても、それでも……生きてほしかった」

「っ……分かった、分かったから、待って、デニス――」

「たくさん傷つけて、ごめん。僕の個人的な事情に君を巻き込んで、辛い思いをさせて、ひどいことを言って――ごめん、セリア」

「デニスっ！」

離れたところで、エルヴィスの体が小刻みに痙攣している。

デニスは微笑んで体を起こし、こつんとセリアの額に自分の額をぶつけてきた。

「　　」

それは、声にならない言葉。

間もなく死ぬ彼が口にしてはならない告白。

「……僕のことは、許さないでいい。僕のことを信じられなくてもいい。一生恨んでくれてもいい。でも……僕はずっと、君だけを………。子どもの頃から、ずっと――」

「デニス……」

デニスは咳き込み、そのまま体の力を失ってずるずるとセリアの膝の上に倒れ込んだ。

エルヴィスの死が近くなり、デニスの体も呪いによって死を迎えようとしている。

（デニス）

セリアの膝の上で目を閉じているデニス。

ぽつん、と彼の頰に、涙の粒が落ちて弾ける。

（ひどい。言うだけ言って死んでしまうなんて、ずるい）

セリアは彼に、何一つ伝えられていないのに。

やることだけやり、言いたいことだけ言って死んでしまうなんて、卑怯だ。

やっと、分かったのに。

たとえ野望のためだろうと、孤独なセリアを子どもの頃から支えてくれて、友だちでいてくれて、グリンヒルで一緒に温かい時間を過ごし、セリアの心を満たしてくれたデニスのことが、セリアは――

「あなたのことが好き。大好きよ」

セリアはデニスの頬を撫でると、床に転がっていた聖弦を手に取って迷いない手つきで最後の三本の弦を張った。

（あなたを死なせはしない）

数度深呼吸し、聖弦に指を走らせる。奏でるのは——禁書に記された聖奏。

禁書に封印されるほどの聖奏になると、生半可な覚悟ではうまくいかなくなる。下手すれば、中途半端な聖奏をされたことで怒った精霊によって、とんでもない反動を受けることにもなりかねない。

（デニス、生きて。自分が罪人だと思うのなら、生きて償って！）

セリアは奏でる。

不思議な音色が謁見の間に満ち、苦しそうに眉間に皺を寄せていたデニスの顔が徐々に和らぎ、彼の左胸を蝕んでいた赤い紋章が徐々に輪郭を薄くしてゆく。

いつしかセリアは、真っ白な空間に座っていた。

ここはどこだろうかと思いつつも、聖弦を弾く手を止めることはない。

——聖奏師の娘よ。その曲を奏でる覚悟はあるのか？

声がする。

セリアは顔を上げて、どこにいるか分からない声の主に向かってしっかり頷いてみせた。

「はい。ですので、どうかデニスの呪いを解いてください」

——おまえが持つ大切なものを失ってでも、その男を生かしたいのか？

確認を重ねるような声が聞こえたので、セリアはつい笑みをこぼしてしまった。

(そんなの、今さらね。私はもう既に、たくさんのものを失っているのだから)

これ以上失うものがあっても、怖くはない。

「……はい。私の大切なものを失ってでも、デニスを生かしたいのです」

この聖奏が、なぜ禁書に記されているのか。

そして、過去にデニスが相談しに行ったという元筆頭聖奏師が、なぜこの曲を提案しなかったのか。その理由は、セリアも知っている。

禁書の聖奏に必要とされるのは——「代償」と「愛情」。

あなたのためなら、私は何でも差し出します。

私は、あなたを愛しています。

その想いが、強力すぎるゆえ封印されている聖奏の力を引き出し、精霊の奇跡を呼び起こす。

デニスを生かすために、セリアは「何か」を代償として差し出さなければならない。

それでも——

（デニス、生きて）

セリアは最後の一音を弾き終わった。

その直後、セリアの意識は真っ白な世界から真っ黒な世界へと叩き落とされていた。

手元の聖弦から弦が消滅し、膝の上にあったはずのデニスのぬくもりが遠のいていく。

暗い暗い世界。

セリアは静かに目を閉じ、全てを手放した。

——体中が痛い。

「ディートリヒ様！」

誰かが耳元で叫んでいる。デニスはうめき、目を開いた。

「っ……僕は……？」

「なんと……お目覚めになりましたか、ディートリヒ様！」

デニスが目を覚ましたことで、その体を支えていた騎士が裏返った声を上げた。

デニスは彼の手を借りて体を起こし、自分の隣で倒れるセリアを見て、さっと青ざめた。

「セリア！」

急いでその体を抱き起こす。目立った外傷はなく、体は温かい。生きている。

彼女の脇には、弦の全て消えた聖弦がただの木枠となって転がっていた。

「ディートリヒ様、痣が――」

騎士に指摘され、デニスはおそるおそる自分の左胸に手をやった。

十年間、彼の体を静かに蝕んでいた呪いの痕。触れるとじくじくと痛んだその肌は今、滑らかで傷ひとつ残っていない。

ゆっくりと視線を上に向けると、玉座の前にエルヴィスが横たわっていた。その体はびくとも動かず、死亡しているのが明らかだった。

エルヴィスは死んだ。そして、デニスは生きている。

「セリア……君が、僕の呪いを解いたのか――?」

デニスは静かに眠るセリアを抱きしめ、その額に自分の額を押し当てた。

「セリア――!」

その名を呼び、愛する女性の体を抱きしめる。

騎士はそんなデニスたちをいたわしげに見ていたが、にわかに入り口の方が騒がしくなったためそちらを見やった。

奇妙な音色。騎士たちの呻き声。

謁見の間の入り口に、一人の娘が立っていた。可愛らしかった顔は鼻血を出したために真っ赤に染まっており、髪もドレスも無惨なことになっている。

そんな彼女は、ふらふらと足取りも怪しく歩きながら聖弦を奏でていた。

誰も聞いたことのない、怪しげで聞いているとぞっとするような音色の曲。

「貴様――！」

デニスとセリアの時間を邪魔させてはならないと、騎士は剣を抜いて立ち上がる。

だが娘――ミュリエルは目の前に剣を突きつけられても平然としており、恐ろしいほどの無表情のまま、曲を奏で続けた。

彼女が奏でているのは、セリアが持っているものと同じ聖弦。何度も聞いてきた楽器の音色のはずなのに、奏でる曲が違えばこれほどまで印象が変わるものなのだろうか。

ミュリエルに剣を向けていた騎士がおもむろにその場に膝を突き、苦しそうにあえぐ。

デニスもまた、胸の奥を引っかき回されているかのような不快感と吐き気に顔をしかめ、自分の隣を通り過ぎていくミュリエルを睨んだ。

「ミュリエル、一体――」

「……そうする約束なの」

返事はないと思っていたのに、ミュリエルはそう呟いた。

デニスに背を向けたまま、聖弦を奏でる手を止めず、彼女は滑らかに言う。

「もしものことがあれば、って約束したの」

「何のこと――」

言いかけて、デニスは息を呑んだ。

視界の端に映っていた、エルヴィスの遺骸。それが、びくっと動いたのだ。

「……嘘だろう」

舌がもつれそうになる。セリアを抱きしめる手のひらに、汗がにじむ。

エルヴィスが、ゆっくりと立ち上がる。胸から流れていた血はいつの間にか止まっており、彼は足元に転がっていた剣を拾い、歩きだした。

それまで無心に聖奏を行っていたミュリエルが最後の和音を奏でたとたん、彼女の体は糸の切れた操り人形のようにその場にばったりと倒れた。取り落とした聖弦が、乾いた音を立てて床に落ちる。

エルヴィスは緩慢な動作で謁見の間を見渡して、デニスを見て、その腕の中で眠るセリアを見て——最後に自分の足元で倒れ伏すミュリエルを見て、血の香りのする息を吐き出した。

「……そうか、呪術を受けたのは王子ではなく、おまえだったのか、デニス。そして、無能だとばかり思っていたセリアが呪いを解くとはな」

「エルヴィス、おまえは——」

——生き返ったのか。

未知の恐怖を前にして、デニスは呆然としていた。一方で、ミュリエルは震えながら面を起こし、エルヴィスの姿を見てほっと安堵の息をついた。

「あ、ああ……エルヴィス、さま……ご無事で……」

「ああ、おまえが約束通り聖奏したからだな。感謝する」

「うれ……しい……ねえ、エルヴィスさま……わたしを、おきさきに……」

「今までご苦労だった。さらばだ」

エルヴィスはミュリエルを見下ろし、剣を振り上げた。

えっ、と、ミュリエルの唇から声が上がる。それが、彼女が発した最後の言葉となった。

鈍い音を立てて、分厚い剣がミュリエルの背中を貫いた。床に倒れ伏した格好だったミュリエルの体は串刺しになり、ガフッと血の塊を吐くと、そのまま動かなくなった。

一連の動作を目にしたデニスはほんの少しだけ眉根を寄せて、吐き捨てるように言った。

「……それもまた、禁断の聖奏だったのか」

「そうだな。最初はセリアにさせるつもりだったが、ミュリエルでも十分だったな」

剣を引き抜いたエルヴィスが、なんてことないように言い放つ。

とたん、かっとデニスの藍色の目が燃え上がった。

最初はセリアにさせるつもりだった——つまり彼は、もしセリアが筆頭から退かなかったら、いざというときにセリアを犠牲にするつもりだったのだ。

筆頭聖奏師のみ奏でられる、禁断の聖奏。自分が予期せぬ死を迎えた時、蘇らせる役目。

彼にとってのセリアやミュリエルは、その程度だった。彼女らは、自分が蘇るための手駒に過ぎなかったのだ。

「……だからおまえは、筆頭聖奏師に執着していたのか？　もし僕たちがおまえを討つことがあっても、聖奏で蘇らせるために。セリアたちを恋人にしたのは、そのためだけだったのか!?」

「偉そうなことを言える立場か、グロスハイムの虫けら。おまえとて、セリアを犠牲にして生き延びたくせに」

馬鹿にしたように笑ってくるエルヴィスを、デニスは正面から睨みつけた。

腕の中のセリアの温かさ。彼女が死んでいないという証しであるぬくもりが、彼の心を奮い立たせる。

「……おまえと一緒にするな」

「同じだ。おまえも、セリアの愛情を犠牲にした。そのために彼女を愛するふりをしたんだろう？　私もおまえもセリアを利用した、似た者同士だ」

心底楽しそうに笑い、エルヴィスは血にまみれた剣を軽く振るう。

「なかなか簡単だっただろう？　セリアは、居場所を求めていた。愛情に飢え、自分を必要としてくれる存在を渇望していた。才女と呼ばれようと、所詮は二十歳にも満たない初心な小娘。ちょっと心を揺さぶれば、あっという間に落ちてくれただろう？」

デニスの喉が鳴り、その藍色の目に静かな炎が灯った。

エルヴィスは、セリアの孤独な心につけいったのだ。

両親を喪い、公爵家からは駒として扱われ、城の人間からは疎まれている彼女に、居場所を与える。「たったひとつの愛」を餌としてちらつかせ、十七歳の少女の心を釣り上げた。

全ては、己の目的のために。いつか自分が討たれた時、自らを犠牲にしてでもセリアがエルヴィスを生き返らせるために。

その犠牲となる女性は、誰でもよかった。エルヴィスに絶対的な愛を捧げ、筆頭聖奏師として禁書の聖奏ができる者ならば、誰でもいい。

だからエルヴィスは二年前、セリアの敗北を知ってあっさりと彼女を棄てたのだ。

使えない女には、用がないから。より優秀で従順な女——ミュリエルがいればいいから。

「……セリアをあっさり棄てたくせにミュリエルの時には恋人として公表したのは、国力が衰えて後に退けない状況になったからか。筆頭聖奏師を逃がさないために、妃の座を約束したんだな」

図星なのだろう、エルヴィスが不快そうに眉根を寄せてデニスを睨みつけてくる。

デニスはセリアの体を床に横たえ、立ち上がった。

そうしてエルヴィスの血で濡れた剣を拾い、絨毯の上を歩きだす。

「……ほう？　そんなぼろきれのような姿で、まだ戦うつもりか？」

エルヴィスの言葉に、デニスは顔を上げた。

一度、捨てた命だった。それを、セリアが決死の覚悟で拾い上げてくれた。

ならば、デニスがすべきことは。

「……忘れたのか。おまえは一度、僕に負けている」

剣を構えたデニスは、美しく、気高く笑った。

「敗者は大人しく地に伏していろ。もう一度――おまえを、討ち取る」

グロスハイム王国軍による王都ルシアンナ包囲戦の末に、ファリントン王国国王エルヴィスは、グロスハイムの元貴族であるディートリヒによって討ち取られた。
彼らがどのような戦闘を繰り広げたのか、知る者は少ない。その場に居合わせたグロスハイムの騎士も、多くは語らなかったという。
君主とそれに付き従っていた筆頭聖奏師が戦死したことによりファリントン王国軍は戦う意味を失い、グロスハイム軍に投降した。
その後、グロスハイム王子であるコンラートがグロスハイム王国の国王に就任して戴冠の儀を執り行い、元ファリントン王国領の統治もコンラートが担うことになった。

他国家からは「ファリントン国土を分割して近隣諸国で統治すべきだ」という意見も挙がったのだが、ファリントン国民からの猛反対にあったため却下されたのだという。

ちなみに、「ファリントン領の統治は、ディートリヒに任せてはどうか」という意見も出た。これには国民も大賛成だったのだが、ディートリヒ本人が固辞した。ディートリヒは集まった国民たちを前に「国が生まれ変わるきっかけを与えたのは自分ではなく、セリアだ」と告げ、また己がファリントン陥落のために犯した罪を打ち明けた。国民たちは噂に踊らされ、セリア・ランズベリーを傾国の悪女と囁いていたことを深く反省し、せめて一言彼女に謝りたいと願った。

だが、戦後処理の終わった時には既に彼らは王都から忽然と姿を消しており、それ以降王国内で二人の姿を見た者はいなかったという。

ファリントン領にはコンラート王が信頼する官僚や将軍たちが派遣され、生き残った聖奏師たちの協力を得ながら統治してゆくこととなった。

終章　落ちぶれ才女の幸福

——ファリントン王国の滅亡から、約一年後。

「兄ちゃん、おさんぽ、おさんぽのじかんー！」

「はやくじゅんび！　はやく！」

「はいはい。すぐ行くから、椅子を出して下で待っていてくれ」

子どもたちにせかされたデニスは、外出用の上着を着ながら返事をする。

今日は春真っ盛りで、ぽかぽかと暖かい。

グリンヒルの子どもたちはお出かけが大好きなので、今日の散歩を昨日からずっと楽しみにしていた。

仕度を終えたデニスは三階に下り、セリアの部屋に向かう。

「セリア、入るよ」

ノックをして呼びかける。部屋の主の許可を取ることはできないので、そのまま入室した。

セリアの部屋は、春の陽気で満たされていた。

棚には彼女愛用の楽器の他、ぬいぐるみや花、子どもたちが描いた絵などが所狭しと飾られている。窓は半分開いており、草原の香りを孕んだ春風がカーテンを揺らしていた。毎日フィリパたちが掃除している部屋の床には塵ひとつなくて、清潔に保たれている。

部屋の奥に据えられたベッドには、美しい娘が横たわっていた。

デニスは床板を軋ませながら、ベッドに横たわるセリアのもとに行く。

今日の彼女は、白のブラウスに花柄のスカートという出で立ちだった。ほんのりと頬が赤くて唇も潤っているのは、フィリパたちに化粧をしてもらったからだろう。

「セリア、今日もとても可愛いよ」

デニスはそう言って身をかがめ、セリアの額に掛かる前髪を払ってやった。

デニスが何を言っても、セリアは身動きひとつしない。

彼女はもう一年近く、その瞼を開いてくれないのだ。

「今日も天気がいいから、皆で散歩に行くんだ。セリアも一緒に行こう」

デニスはセリアの背中と膝の裏に腕を回し、その体を抱き上げた。

抱き上げたセリアの体は、ほんのりと温かい。心臓が動いておらず呼吸もしていないことを除けば、ただ単に眠っているように見える。

眠るセリアにとって苦しい姿勢にならないように気を付けながら、デニスは彼女の体を丁寧に階下まで運んだ。玄関では、本日のお散歩組である子どもたちが勢揃いしていた。

彼らの脇には、車輪の付いた特製ロッキングチェアが待機している。

「遅いぞ、デニス兄ちゃん！」

「今日は私も椅子を押すからね！」

「分かった分かった。順番だからな」

デニスは子どもたちをあしらいながら、セリアを椅子に座らせた。傍らにいた女の子が持っていたショールをセリアの膝に掛け、別の男の子が日除けの帽子を被せてあげる。

「それじゃあ、セリアと一緒に散歩に行くぞ！」

デニスは椅子の背面に付いた持ち手を握り、車輪を転がした。

館の傭兵たちが知恵を出し合って発明したこの椅子は少々扱いが難しいものの、セリアを連れて出かけることができた。改良を重ねて作ったおかげで見た目のわりに少ない力で押すことができるため、子どもたちも自分が椅子を動かしたくてうずうずしている。

子どもたちを連れて、デニスは館を出発した。

春のグリンヒルは、美しい。丘陵地帯の草原は青く茂り、花の蜜を求めて蝶が舞い踊る。赤や黄色、ピンクなどの様々な花が咲き、グリンヒルの丘を見事に彩っていた。

「よし、じゃあ僕がここでセリアと一緒に待っているから、存分に遊んできなよ」

デニスは、大きな木の下で椅子を止めて転倒防止のストッパーを掛け、子どもたちに言った。そして子どもたちが駆けていくのを見送り、持ってきていたマットを足元の草地に敷く。

「セリア、こっちに来ようか。寝転がると、気持ちよさそうだよ」

そう囁き、デニスはセリアの体を抱き上げてマットの上に寝かせた。椅子に載せていたクッションを背中の後ろに重ね、楽な姿勢にしてあげる。

春の野を、子どもたちが駆け回っている。春風がセリアとデニスの頬を撫で、さわさわと草が鳴っている。

「……セリア、君はいつ目を覚ましてくれるのかな」

デニスは静かに眠るセリアの髪を撫でて、そう問うた。

「みんな、君が目を覚ますのを待っているんだ。もちろん……僕も」

セリアは、ずっと静かな眠りについていた。

眠っているだけにしてはおかしい。鼓動もないし呼吸もしていない。それなのに体は温かいし、腕や脚も曲げればちゃんと動く。当然医者にも診せたが、「生命活動はしていないが、死んでもいない」と不思議そうに言われるだけだった。

デニスはセリアの状態について、ミュリエルの後を継いで筆頭になった聖奏師ヴェロニカに相談してみた。だが、ヴェロニカは沈痛な面持ちで首を横に振った。

「……セリア様はきっと、とてもお疲れなのです。禁断の聖奏によってセリア様が差し出した『代償』が一体何だったのか、私には分かりません。しかし、セリア様の体力を著しく消耗するものだったのは確かです」

「セリアは……このまま目覚めないのだろうか」

「……分かりません。ただ、セリア様の健康状態には問題がなさそうですし、いずれ目を覚まされる時が来ると信じるしかないでしょう」

つまるところ、聖奏師でも打つ手なしなのだ。

セリアはあれから一年、何の変化もなく眠り続けている。髪も爪も伸びた様子がない。フィリパたちに確認してもらったところ、口内も乾いていないそうだし、肌にも潤いがあるという。

まさに、セリアの周りだけ時間が止まっているかのような状態。

それがいつ解消されるのかは、誰にも分からない。

分からないが、いつかきっと目覚めると信じるしかなかった。

セリアを連れて帰ったデニスをグリンヒルの皆は温かく迎え入れてくれたが、傭兵の皆にはボコボコに叩きのめされた。それも当然だと思って甘んじて殴られたのだが、その結果全治一ヶ月の重傷となったことも今では懐かしい。

デニスも、マザー――ベアトリクスだけには事情を話した。マザーはデニスの話を聞いても落ち着いており、「何があったとしても、あなたとセリアが戻ってきただけで十分です」と言ってくれた。そうして、セリアが目覚めるのを皆で待っている。

「僕、君に言わなくちゃいけないことがたくさんあるんだ。ごめんとか、ありがとうとか……色々」

王城の謁見の間では、これっきりだと思って事情を説明したし、謝った。

だが、それだけではとうてい足りない。

セリアを騙したことも、嘘をついたことも、悲しませ、傷つけたことも、ちゃんと話をして謝りたい。死を覚悟していたデニスのもとに駆けつけてくれたこと、身を擲ってでもデニスを生かしてくれたことに感謝したい。

そして――

「愛している。心から愛しているよ、セリア」

たくさんの愛の言葉を伝えたい。

どうせ叶うはずがないと諦めていた恋心は、死の呪いから解放されたデニスの胸の中で再び激しく燃え上がっていた。

もう、邪魔をする者はいない。デニスは、呪いや運命や死に怯える必要がない。

だから、伝えたい。

「待ってるよ。ずっと待ってるから……帰ってきて、セリア――！」

――花の匂いがする。

微睡みの中から目覚めたセリアは、ぼんやりと辺りを見回した。

見渡す限り、真っ白な世界。

てっきり冥界の花畑に来てしまったのかと思いきや、そうではなさそうだ。

――風の音がする。

どこからか風が吹いているのだろうか。

見渡しても、風が吹いてきそうな場所はなさそうだ。

――誰かの声がする。

自分の名前を呼ぶ声を聞き、セリアは手を伸ばした。

会いたい。みんなに会いたい。

生きたい。みんなと一緒に生きたい。

帰りたい。緑の丘の館に帰りたい。

「――ス」

あなたに会いたい。あなたと一緒に生きたい。あなたのもとに帰りたい。

「デニス――！」

セリアは両手を差し伸べ、その名を呼んだ――

花の香りがする。耳元で風が囁く。

心地いい。体はふわふわしたものに包まれていて、よく分からないけれど温かい何かがセリアを支えている。

セリアは寝返りを打った。温かい、気持ちいい。

「……セリア？」

優しい声。大好きな人の声。このぬくもりに包まれて、もうちょっと眠っていたい。

そう思って、ぬくもりに頬擦りしたのだが――

「セリア、目が覚めたのか？　セリア⁉」

悲鳴のような声に、セリアはしぶしぶ目を開けた。

まず見えたのは、青色の布。これは何だろうと思ってぺたぺたとそれに触れていると、急に世界が反転した。

そして次に見えたのは、セリアを見下ろす男性の顔。男性にしては長めの金髪がセリアの頬を擽り、限界まで見開かれた藍色の目がセリアの顔をくっきりと映し出している。

「……デニス？」

（……ああ、この人は――）

「っ……セリア！　よかった、目が覚めたんだな！」

「……？　何のこと？」

セリアは眉間に皺を寄せた。

目が覚めた、ということは、今の今までセリアは眠っていたようだ。

だが、自分が眠っていたという自覚はあまりない。

（……あら？　そういえば、王都はどうなったのかしら）

だんだんと頭の中もはっきりしてきた。

確かセリアは、デニスを救うために決死の覚悟で禁断の聖奏を行ったのだ。そうしていると真っ白な世界の中にいて、謎の声がセリアに――

「セリア」

考え込もうとしたが、デニスに名を呼ばれたとたん、頭の中に戻ってきた色々なものが再び吹っ飛んでしまった。

藍色の目と深緑の目が、視線を絡めあう。

大事なことも考えなくてはいけないことも、何もかもが吹っ飛んでしまった後に残っているのは、「この人が好き」という単純な感情だった。

「デニス……無事だったのね」

「うん、セリアのおかげだ」

「……私たち、どっちも生きているのね」

「ああ、僕たちは生きている」

「……ここは、グリンヒル？」

「そう、全てを終わらせて、帰ってきたんだよ」

そんな問答を繰り返している間に、だんだんとデニスの顔が近づいてきていることに気づいた。最初はデニスの顔全体を見られたのに、今は熱っぽく緩められた彼の双眸しか見ることができない。

「……君が目を覚ましたら、たくさんのことを言いたいと思っていたんだ」

「……うん」

「でも、今言いたいことはひとつだけ」

デニスの目が細められ、ふっと甘い吐息がセリアの唇を優しく撫でていった。

「君のことを愛している」

「デニス……」

「世界中の誰よりも大好きだよ、セリア」

聞きたかった。この言葉を聞きたかった。

死ぬ間際の掠れた声での告白ではなくて——はっきりとした声で、聞きたかった。

（デニス……）

好き。デニスが好き。一緒に生きたい。

「デニス、私も」

「っ、セリア」

「私も、あなたのことが好き。好きだから、生きたいから、一緒にグリンヒルに帰りたいから——だから私、目が覚めたのね」

セリアは微笑み、ややぎこちない動きでデニスの首の後ろに腕を回した。

セリアが体を動かしにくそうにしていることに気づいたデニスは、自ら体を動かしてセリアのしたいようにさせてくれた。

「私と一緒に生きて、デニス。あなたの罪を、私も一緒に背負うから」

「セリア——」

「心から——愛しています」

二対の瞳が、互いを見つめあう。熱のこもった吐息が互いの唇を湿し、絡み合う。

デニスの体が傾いだ。彼が何をしようとしているのか悟り、ほんのり頬を染めたセリアは大人しく瞼を閉ざす。

春の日差しに溢れる緑の丘。二人の唇が重なる、その瞬間——

「……うわぁぁぁぁっ！　セリア姉ちゃんが、起きてるぅぅぅぅぅぅぅ!?」

「セリア姉ちゃ————ん!!」

セリアが目を覚ましていることに気づいた子どもたちが絶叫を上げながら飛びついてきて、そのついでにデニスを吹っ飛ばしたのだった。

セリアはてっきり、自分が眠っていたのはせいぜい数日間くらいだろうと思っていた。

だが実際、セリアは一年近く眠っており、その間にコンラート王子がグロスハイム王に即位したことやファリントンの統治も彼に任されたことなども知り、「これは本当に現実の出来事なのだろうか」と混乱しそうになった。

「……そうなの。ミュリエルは私と同じように聖奏して、エルヴィスを生き返らせたのね」

セリアの部屋にて。

これまでのことを教えてもらったセリアが呟くと、デニスは当時のことを思い出しているのか険しい表情で頷いた。

「ああ。僕も信じがたかったけれど――そんな聖奏もあったんだな」

（……それもそうよね。死人が生き返る場面なんて、誰だって目にしたくないわ）

セリアは俯き、ゆっくり頷いた。

「……死者を生き返らせる聖奏の楽譜は、確かに存在したわ。私もちらっと見たことがあったけれど――死者蘇生の聖奏は、数ある禁書の中でもとりわけ精霊たちにとっても大きな負担になるものなの。だから、そういう聖奏が存在しても今まで演奏した聖奏師はいなかったはず。成功したとしても精霊の負担はもちろん、聖奏師にも大きな代償が跳ね返ってくるわ」

「代償――」

「禁書の聖奏には演奏者の実力以上に、代償を払う決意と愛情がものを言うのよ。当然、高度な聖奏であればあるほど払う代償は大きくなる。ミュリエルの場合は代償を払う前に、蘇ったエルヴィスに殺されたみたいだけど……多分、精神が崩壊するとか、四肢が腐り落ちるとか――それくらい残酷な代償を払うことになっていたわ」

「……死者を生き返らせることに比べれば、呪いを解くことによる代償がずっと軽いものだったというのも当然ではあるね」

デニスの言葉に頷きながらも、セリアの胸の内は晴れなかった。

（……ミュリエル、助からなかったのね）

エルヴィスはともかく、ミュリエルの遺骸がどうなったのかまでは聞く勇気がなかった。

確かにセリアは最後まで、ミュリエルと和解することはできなかった。だが、だからといって死んでしまっては何も残らないではないか。

ミュリエルは最後の最後までエルヴィスを愛し、彼の妃になることを願っていたという。

そしてエルヴィスはセリアにしてもミュリエルにしても、筆頭聖奏師を自分の虜にすることで禁断の聖奏――自分が死んだ時の保険にしようとしていたのだ。

最後まで自分が正しいと信じていたミュリエル。

そして――約三年前、自分は絶対正しい、大丈夫だと信じ込んでいたセリア。

（私もミュリエルも、同じだった）

互いに反駁しながらも、その根っこは同じだったのだろう。

（もしかすると、ミュリエルのようになっていたのは私だったのかもしれない）

だから、ミュリエルのことは、忘れられない。忘れてはならない。

（あの子のことを胸に抱えたまま、私は生きていく）

その後、セリアが目覚めたことを知った館の皆は、セリアのために盛大な宴を開いてくれた。久しぶりに目を覚ましたセリアはあまり食事は取れなかったが、子どもたちとお喋りをしたり皆と歌ったりして、充実した時間を過ごせた。

そうして子どもたちが寝静まり、大人がそれぞれ自分の時間を過ごしている。

「……セリア、準備はできた？」

ドアがノックされる音を耳にして、セリアは振り返って返事をする。

「ええ。お待たせ」

春の野のような緑色の上着を着て廊下に出ると、外出仕度を整えたデニスが待っていた。

今夜、セリアはデニスに夜の散歩を申し出た。理由は前回と同じ。聖弦を弾くためだ。

「もしかしたら皆、私の正体に気づいているかもしれないけれど……やっぱり、できる限りこの力は隠しておきたいの」

「そうだね。それに、持っている力を見せびらかすのがよいとは言い切れない。いざとなった時に皆を助けるために弾ける、ってくらいが格好いいかもね」

「でしょう?」

顔を見合わせてくすっと笑い、セリアは棚に置いていた聖弦のケースを取り出した。

夜間外出する二人を見て、警備の傭兵は一瞬だけ目を丸くした。だが彼はすぐにニッと笑い、「若いっていいよなぁ。頑張れよ、「デニス」」と意味深な言葉を残して去っていった。

夜の春風は少しだけひんやりとしており、昼間とはまた違った良さがある。

昼間の草原は、色とりどりの花が視界いっぱいに広がっていた。だが月光のみに照らされていると全体的に落ち着いた色合いになり、歩いていると心穏やかな気持ちになれた。

前回と同じ場所までたどり着くと同じようにデニスが上着を敷き、礼を言ってセリアはそこに腰を下ろした。

「聖弦を弾くのも一年ぶりね」

ケースを開きながらセリアが呟くと、デニスは目を細めてケースの中の木枠を見つめた。

「そうだね。……さっき竪琴を弾いている時は大丈夫そうだったけれど、うまくいきそう?」

「大丈夫よ。だいぶ元気になったし、お腹もいっぱいだから――」

言葉の途中で、セリアは口を閉ざした。そして、膝に載せた聖弦を見つめる。

（……あれ？）

「……どうしたんだい、セリア？」

「い、いえ。何でもないわ」

動きを止めたセリアを不審に思ったデニスがこちらを見てきたので、セリアは慌てて誤魔化し、いつものように弦を張るべく手を滑らせた。

（気のせい……そう、きっと気のせいよ）

だが、いくらセリアが手のひらを動かしても、いっこうに弦が張られる気配がなかった。

デニスの呪いを解くときもそうだったが、焦っている時や体調の悪い時はなかなか弦を張れないことがある。聖奏師団にいた頃も、風邪を引いた時などはなかなか弦を張ることができなくて苦労したものだった。だが、それにしても手応えがなさ過ぎる。

（そんな……いえ、気のせいよね？）

つうっ、と冷や汗が胸元を伝い落ちていく。だが必死になればなるほど焦りは増し、必死になっているというのに弦の一本すら張ることができない。

それだけではない。

（何も――感じない？）

いつもなら聖弦に触れているだけで何となく、精霊の力を感じることができた。

それなのに今は、愛用の聖弦に触れていても何も感じない。指先に感じるのは聖弦の力ではなく、ただの木材であるかのような触感だけだった。

(弦が、張れない——!?)

「あ……」

「セリア?」

さすがにセリアの様子がおかしいと分かったのだろう。デニスは座り直してセリアに向き合い、冷や汗とショックで震えるセリアの右手をそっと握った。

「どうしたんだ、セリア」

「……私、弦が張れなくなったの」

「……え?」

セリアはデニスの方を見ることなく、震える唇をなんとか動かして言葉を紡ぐ。

「何も……何も感じられないの。今までは、精霊の力が伝わってきたのに……何も。だから、弦が張れない。聖奏が……できない」

「それって——」

セリアは、俯いてしまった。彼も、セリアと同じことに思い当たったようだ。

デニスの呪いを解くためにセリアが払った、「代償」。

それは――一年間の眠りに就くことではなかったのだ。

(そうだ。私はあの時、白い世界で問われたわ)

――その曲を奏でる覚悟はあるのか?

――大切なものを失ってでも、その男を生かしたいのか?

あれはきっと、精霊たちの声だった。

大切なもの――セリアが聖奏師として生きる力を失ってでも、デニスを助けたいのか。

これから先、聖奏ができなくなったとしても、デニスの呪いを解きたいのか。

セリアが代償として失ったのは、聖奏師としての力。

これまでの一年間の眠りはきっと、力を失ったことでセリアの体が弱ったから起きたことであり、眠りが代償そのものではなかったのだ。

デニスの蒼白な顔を見上げて、セリアは力なく微笑んだ。

「……あなたの呪いを解いた代償は、私の能力だったのね」

「セリア……僕は、僕のせいで、君は力を――」

「やめて、滅多なことは言わないで」

セリアは聖弦を足元に置き、デニスの両頬に手を添えた。

「私は自分で選んだのよ。全てを捨ててでも、あなたを助けたいと思った。だから――これは当然のこと、しかるべき代償なの」

「でも、君は聖奏師であることを誇りにしていた！　僕を助けなかったら、君は――」

「――ええ、きっと私は、あなたへの未練たっぷりのまま生きていたわ」

やや低い声で言いながら、ぐぐっと両手に力を込めていく。

「それに、あなたを見捨てることになっていた。あなたはきっと、私に未練を残さないためにあの夜、わざと私を突き放したのでしょう。でも、あなたが死んだことはいずれ私の耳に入る。その時に私が悲しまないとでも思ったの⁉」

「い、いや、だって――」

「だっても何もないの！　……ねえ、デニス。もしあなたの命の代わりに私の力がなくなったことを悔やむのなら――私の願いを叶えて」

「セリア――」

「一緒にいて、デニス」

デニスの頰を引っ張っていた手を離し、セリアは真っ直ぐデニスの目を見つめた。

夜空をそのまま切り取ったかのような藍色の目。セリアが大好きな色。

「私にはもう聖奏の力もないし、料理をすれば怪我するか調理器具を破壊するだけ」

「おまけに、紅茶を淹れれば激マズ」

「分かってるじゃないの」

「君のことなら誰よりもよく分かっているつもりだよ」

「……それもそうね。でも、そんな私のことをよく分かっているあなただから、側にいてほしいのよ」

「何を今さら」

デニスの藍色の目が優しく、甘く、とろけるような光を孕んでセリアを見つめる。

「料理が得意じゃなくていい。聖奏だって、そもそもおまけみたいなものだ。僕は、君さえいてくれればいいんだ。聖奏師じゃなくてもいい、ただのセリアが――好きなんだ」

聖奏師じゃなくても。女性らしいことができなくても。

身分も何もない、ただの「セリア」がいい。

デニスは柔らかく微笑み、優しい手つきでセリアの腰を抱き寄せた。

セリアの体は抵抗することなく、デニスの腕の中に収まる。

彼の上着に頬擦りすると、石けんに混じって彼の匂いがした。

優しくて、胸がどきどきするような匂い。セリアの大好きな匂い。

「……僕はいずれ、地獄に堕ちるだろう。だからそれまでの間……君が掬い上げてくれたこの命が尽きるまで、君を守らせて。僕のことは、一生許さなくていいから」

「いやよ」

「えっ」

「私、あなたも言っていたようにじゃじゃ馬だから。どこまででもついていくわ」

してやったり、とばかりにセリアは微笑んでデニスを見上げる。

「一人で罪を負って一人で地獄に堕ちるなんて、許さない」

「……それで君は幸せなのかい？」

「私を好いてくれるあなたの側にいることが、私の幸福よ」

セリアはたくさんのものを失った。だが、失ったからこそ手に入れられたものもある。

失ってでも手に入れたいと思ったものがある。

デニスは藍色の目を細めるとセリアの顎の下に片手を添え、くいっと上向かせた。

「デニス――」

「さっきはチビたちに邪魔されてしまったから、ね？」

色気のある掠れた声で囁いたデニスの顔が、近づいてきた。

二人の唇が触れ、重なりあい、相手の熱が伝わってくる。

「僕を許さないで」

「うん、一生許さない」

口づけの合間に囁かれた台詞は、普通の恋人たちが囁く睦言とはだいぶ毛色が違う。

だが、二人にとってはかけがえのない愛の言葉であり、誓いであった。

『こんにちは。隣、いいかな？』

『平民が話しかけないでくださいまし』


あの日、全てが始まった。

セリアにとって鬱陶しいと思っていた少年はやがて友人になり、信頼できる人になり、敵になり、そして地の底まででも同行したいと思える人になった。

デニスにとって復讐の対象だった少女はやがて友人になり、片想いの相手になり、敵になり、そして生涯かけて守りたいと思える人になった。

たくさんの曲がり道があり、山があり、すれ違い、ぶつかり合い、辿ってきた二本の道は、やっと寄り添うことができた。

道の途中で失うものがあっても、行く先に大きな穴が空いていても、手を取りあって歩んでいきたい。

(私はこれからただの人間として、デニスと一緒に生きていく)

この緑の丘で、皆と一緒に。

寄り添い夜空を見上げる恋人たちの隣で。

弦を張られていないただの木枠のはずの聖弦が、ピン、と微かな音を立てた気がした。

あとがき

本作品を手に取ってくださった皆様、ありがとうございます。作者の瀬尾優梨です。

本作品は、『小説家になろう』にて連載していたもの（以下、ＷＥＢ版）に加筆修正をしております。文庫本一冊分という限られた文字数の中でいかに物語を膨らませるか、担当様と一緒に試行錯誤してきました。

ちなみにこのお話、私にとっては「かなり昔の作品」なのですが、連載日を確認すると約三年前でした。五年以上前に書いた感覚だったので、びっくりです。

書籍化するにあたり、ＷＥＢ版から大筋のストーリーは変えていないのですが、主人公・セリアの性格や考え方などはかなり変更しました。

主人公のセリアは序盤、高慢で自信家なところが見られます。その後敗北を喫しますが、ＷＥＢ版ではかなり長い間過去に囚われていたのを、書籍版では明るく自立した感じに変えました。後半はかなりシリアスな展開になるので、彼女のたくましさが暗い道を照らすことになったと思います。

もう一人変更を加えたのが、ライバルキャラのミュリエルです。基本的なところは同じですが、諸々の発言によって「敵キャラ」らしさが増したと思います。

一度落ちぶれた主人公が立ち直り、たくさんの人からの愛情を受けて強く気高く成長する。大切な恋にも気づき、その後も多くの試練に立ちむかいながら自分の本当の幸福を追求していくセリアを、応援してくだされば幸いです。

イラストは、一花夜様に描いていただきました。ラフを見た瞬間、あまりの美麗っぷりに心臓が止まるかと思いました。主人公カップルももちろん素敵ですが、ミュリエルのシーンが特にツボです。本当にありがとうございました。

そして、細やかに指導をしてくださった担当様を始め、本作品の出版に関わってくださった全ての方に、厚くお礼を申し上げます。

またどこかで、お会いできることを願って。

瀬尾優梨

「落ちぶれ才女の幸福 陛下に棄てられたので、最愛の人を救いにいきます」の感想をお寄せください。
おたよりのあて先
〒102-8177 東京都千代田区富士見2-13-3
株式会社KADOKAWA 角川ビーンズ文庫編集部気付
「瀬尾優梨」先生・「一花 夜」先生
また、編集部へのご意見ご希望は、同じ住所で「ビーンズ文庫編集部」
までお寄せください。

落ちぶれ才女の幸福
陛下に棄てられたので、最愛の人を救いにいきます

瀬尾優梨

角川ビーンズ文庫 22896

令和3年11月1日 初版発行

発行者――青柳昌行
発 行――株式会社KADOKAWA
〒102-8177 東京都千代田区富士見2-13-3
電話 0570-002-301(ナビダイヤル)
印刷所――株式会社暁印刷
製本所――本間製本株式会社
装幀者――micro fish

本書の無断複製(コピー、スキャン、デジタル化等)並びに無断複製物の譲渡および配信は、著作権法上での例外を除き禁じられています。また、本書を代行業者等の第三者に依頼して複製する行為は、たとえ個人や家庭内での利用であっても一切認められておりません。

●お問い合わせ
https://www.kadokawa.co.jp/(「お問い合わせ」へお進みください)
※内容によっては、お答えできない場合があります。
※サポートは日本国内のみとさせていただきます。
※Japanese text only

ISBN978-4-04-111979-2C0193 定価はカバーに表示してあります。 ◇◇◇

©Yuuri Seo 2021 Printed in Japan

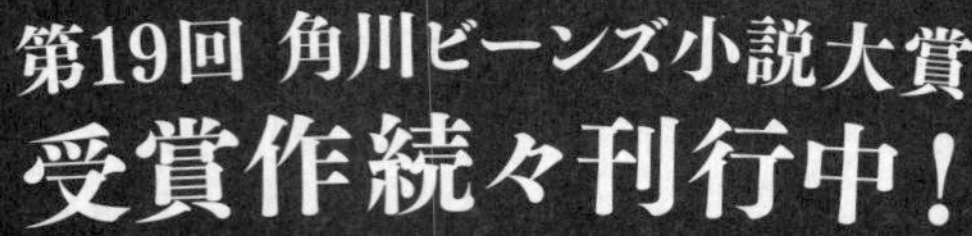

第19回 角川ビーンズ小説大賞
受賞作続々刊行中！

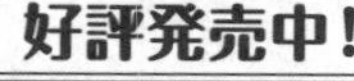

好評発売中！

優秀賞＆読者賞 W受賞！

あやかし専門縁切り屋
鏡の守り手とすずめの式神
雨宮いろり　イラスト●くろでこ

奨励賞受賞！

星の砂を紡ぐ者たち
おちこぼれ砂魔法師と青銀の約束
三浦まき　イラスト●ミュシャ

2021年12月1日発売予定

奨励賞受賞！

千年王国の華　転生女王は二度目の生で恋い願う
久浪　イラスト●トミダトモミ

とらわれ花姫の幸せな誤算　仮面に隠された恋の名は
青田かずみ　イラスト●椎名咲月

角川ビーンズ小説大賞特設サイトもチェック！

https://beans.kadokawa.co.jp/award/19th-award/entry-2120.html

あやかし縁切り専門屋
鏡の守り手とすずめの式神
雨宮いろり
あめみや
イラスト／くろでこ
第19回
角川ビーンズ小説大賞
優秀賞＆読者賞
受賞作
ハートフル
あやかしファンタジー！
訳あって大叔母の家に引っ越してきたひよりは、
ある日家の竹やぶで式神の青磁を見つける。
彼の仕事である縁切り屋を手伝う中であやかし達と出会い、
自信を持てずにいたひよりを次第に成長させていくが、
それは亡き曾祖父にまつわる因縁に繋がっていき……!?
●角川ビーンズ文庫●

国を守る強大な力・グリモワールの継承者として、王太子の婚約者になった公爵令嬢のクロエ。しかしいわれのない罪で、公爵家を追放されてしまう！　全てを失い森へ引き籠るが、そこへ彼女をかつての仇だと言う男が現れ……？

●角川ビーンズ文庫●

魔法が絶対の王国で魔力のない姫に転生したレイア。ところが、伝説の聖女と同じ浄化の力があるとわかり、憧れの勇者・カズヤと世界を救うことに！　異世界からきた者同士、感動の初対面になると思いきや、カズヤは何故か冷たくて……？

●角川ビーンズ文庫●

異能を誇るノーシュタルト一族で「無能」と蔑まれて育ったエレナ。異母妹の身代わりに、呪われていると噂の王子に嫁ぐことに。ところが肝心のユーリ王子には会えず、代わりに出会ったのは何故か１匹の大きな狼で……？

●角川ビーンズ文庫●

伯爵令嬢シェイラの前世は、100年前にクーデターで命を落とした悲劇の女王・アレクシア。後宮入りしたシェイラの前に現れた国王・フェリクスには、なぜか前世の初恋の従騎士・クラウスの面影があって……？

●角川ビーンズ文庫●

やり直せるみたいなので、
今度こそ
憧れの
侍女を目指します！
魔法のiらんど
大賞2020
小説大賞
ファンタジー・
歴史小説部門
特別賞受賞
過去に戻った子爵令嬢、
2度目の人生は
お嬢様を『お世話したい』！
一分　咲　イラスト／茲助
未来を知る『時渡り』の力で国に尽くす子爵令嬢・エマは
婚約解消された翌日、15歳の過去に戻ってしまう！
2度目の人生は幼い頃の夢、侍女を目指そうとするけれど、
エマの秘密を知る謎多き男・グレンが現れ――!?

●角川ビーンズ文庫●

後宮の錬金術妃
悪の華は黄金の恋を夢見る
岐川新
イラスト／尾羊英
彼女は"悪女"か？　それとも——
錬金術で紐解く、中華後宮サスペンス！
異母妹を虐げていると噂される、悪名高い白蓮。
皇帝の寵愛を得たのは異母妹……なのに白蓮は得意の錬金術で、
後宮で異母妹を貶める罠を次々と暴いていく。
だが、皇帝呪殺を狙う事件が！　しかも犯人は……白蓮!?

●角川ビーンズ文庫●

就活中、異世界に転移し王立学院に就職した忍。
気楽な事務員なので、平穏な異世界ライフを満喫のはずが、
冷徹無愛想な魔術師・エメリヒと毎日が攻防戦!
しかも聖魔力を持つ"女神"と噂され……こんなはずでは!?

●角川ビーンズ文庫●

義妹が聖女だからと婚約破棄されましたが、私は妖精の愛し子です

WEB発話題作!!!

妖精に愛された公爵令嬢の、痛快シンデレラストーリー！

著／桜井（さくらい）ゆきな　イラスト／白谷（しろや）ゆう

“マーガレット様が聖女ではないのですか?”
聖女の力が発揮されず王子に婚約破棄された
公爵令嬢のマーガレット。
だが隠していた能力――妖精と会話できる姿を、
うっかり伯爵家の堅物・ルイスに見られてしまい!?

●角川ビーンズ文庫●

大好評発売中!
グランドール王国再生録
破滅の悪役王女ですが
救国エンドをお望みです
転職先は悪役王女でした!
バッドエンド回避のカギは
王国再建!?
麻木琴加
イラスト 逆木ルミヲ
乙女ゲームの悪役王女・ヴィオレッタに転生した
経営コンサルタントの茉莉。処刑エンドを回避するため
シナリオとは正反対の行動をとるけれど、前世(職?)の
手腕が火を吹いていつの間にか王国再生の旗頭に――!?

●角川ビーンズ文庫●

拝啓陛下、2度目の王妃はお断り!
藤咲実佳
イラスト/笹原亜美
あざと可愛い腹黒王子 VS 恋をしない堅物令嬢
強引で甘すぎな求婚はお断り!?
若き国王の第二妃についた公爵令嬢・アリシア。だが国王夫妻が突然崩御し、弟のジュリアンが即位する。国を立て直すまで、との約束で城に留まるも年下で甘え上手なジュリアンが実は腹黒で、彼女を妃にする気満々で!?

●角川ビーンズ文庫●

角川ビーンズ小説大賞

原稿募集中!

君の"物語"がここから始まる!

角川ビーンズ
小説大賞が
パワーアップ!

https://beans.kadokawa.co.jp

詳細は公式サイトでチェック!!!

【一般部門】&【WEBテーマ部門】

賞金 大賞100万円 優秀賞30万円 他副賞

締切 3月31日

発表 9月発表(予定)

イラスト/紫 真依